인생은
사랑

아니면
사람

# 인생은 사랑 아니면 사람

초 판 1쇄 2023년 08월 22일

**지은이** 추세경
**펴낸이** 류종렬

**펴낸곳** 미다스북스
**본부장** 임종익
**편집장** 이다경
**책임진행** 김가영, 신은서, 박유진, 윤가희, 정보미

**등록** 2001년 3월 21일 제2001-000040호
**주소** 서울시 마포구 양화로 133 서교타워 711호
**전화** 02) 322-7802~3
**팩스** 02) 6007-1845
**블로그** http://blog.naver.com/midasbooks
**전자주소** midasbooks@hanmail.net
**페이스북** https://www.facebook.com/midasbooks425
**인스타그램** https://www.instagram/midasbooks

© 추세경, 미다스북스 2023, *Printed in Korea*.

**ISBN** 979-11-6910-313-8 03810

**값 17,500원**

※ 파본은 본사나 구입하신 서점에서 교환해드립니다.
※ 이 책에 실린 모든 콘텐츠는 미다스북스가 저작권자와의 계약에 따라 발행한 것이므로 인용하시거나 참고하실 경우 반드시 본사의 허락을 받으셔야 합니다.

**미다스북스**는 다음세대에게 필요한 지혜와 교양을 생각합니다.

# 인생은 사랑 아니면 사람

사랑을 말할 때 하고 싶은 이야기

추세경 지음

미다스북스

오해가 있다면 해명하고 싶다. 사람과 사랑에 대한 책을 썼다고 해서 누군가를 사랑'만' 하는 사람은 아니라는 것이다. 남을 아끼기만 하는 사람도 아니고 상대를 배려만 하는 사람도 아니다. 생일 선물을 받으면 내가 줬던 선물보다 비싼지 아닌지를 계산할 때가 있다. 신혼집에서 빨래를 하고 청소도 하다가 문득 집안일은 나만 하는 것 같다며(그게 전혀 아닌 걸 알면서도) 억울해할 때도 있다. 어려운 일이 생기면 극단의 해결을 상상하기도 하고, 나를 힘들게 하는 사람이 사라지기를 바랄 때도 있다. 이런 생각들은 잠시 정차했다 떠나는 전동 열차처럼 금세 사라지기도 하지만 언제든 때가 되면 다시 돌아온다. 이렇게 나는 좀스럽기도 하고 나쁜 생각도 하는, 보통의 인간이다. 사람을 사랑하기도 하지만 질투도 하고, 미워도 하며, 무시도 하고, 시기도 하는, 그런 사람이다. 내 안의 사랑은 나의 일부이지 전체가 될 수 없다. 그걸 먼저 말하고 싶다.

이런 내 자기 고백이 진심이라면 '사랑을 말하는' 나의 마음도 진심이다. 삼십 대가 된 지금은 나 자신에 대해 분명하게 알고 있다. 사랑이 넘치는 사람은 아니지만 그래도 '사랑할 때' 가장 행복하고 '사랑을 잃을 때' 가장 불행한 사람이다. 살면서 겪었던 환희와 절망의 순간은 모두 사람에게서 왔다. 누군가의 사랑으로 행복해했고, 누군가의 떠나감으로 괴로워했다. '왜 사는가'에 대한 정답을 스스로 찾아야 한다면 나의 대답에는 반드시 '사랑'과 '사람'이 들어갈 것이다. 나라는 사람을 사랑하고, 나의 꿈을 사랑하는 것. 지금 이 시간을 사랑하고, 나의 운명을 사랑하는 것. 나의 친구들을 사랑하고, 나의 가족들을 사랑하는 것. 사랑하는 아내와 함께하는 것. 그런 것들이다. 이 책은 내 삶의 의미를 담은 책이며 사람과 사랑에 대한 이야기다.

책의 초반부는 나 자신을 사랑하기 위한 노력, 내가 행복하기 위한 마음가짐을 이야기한다. 행복의 첫째 조건은 스스로에 대한 사랑이고 주어진 내 운명을 사랑할 수 있을 때 다른 사람도 사랑할 수 있다. 그다음은 사람들이다. 가족들과 친구들, 인생을 함께한 여러 인연에 대해 이야기한다. 그들 덕분에 이 책을 쓸 수 있었다. 사랑을 빚져서 쓴 책이다.

너무 개인적인 이야기일 수 있다. 어떤 독자들에게는 일기장 같은 지루한 책이 될 수도 있다. 하지만 '사랑'이라는 흔한 주제로 매력적인 글을 쓰기 위해서는 개인적인 이야기가 필요했다. 진심을 담은 서사가 필요했다. 사람은 서로 마음 깊은 곳에서 연결되어 있다고 생각한다. 그걸 믿기에 이 책을 자신 있게 소개할 수 있다. 이 이야기가 흘러 독자들의 마음에 닿았으면 좋겠다. 독자들 스스로의 삶을 돌아보게 하는 하나의 메타포가 되었으면 좋겠다. 나의 마음과 독자들의 마음이 만나 함께 공명했으면 좋겠다. 이 책을 읽고 독자들이 자신의 사랑에 대해 생각해 볼 수 있었으면 좋겠다.

아내에게 감사한 마음을 전하고 싶다. 그녀는 나를 존재 자체로 사랑해 준다. 그 덕분에 스스로가 사랑받을 수 있는 존재임을 깨달을 수 있었다. 아내의 사랑은 나무 책상 위의 스탠드 불빛처럼 내가 받은 사랑을 한 글자 한 글자 밝혀 준다. 그녀의 사랑을 통해 다른 이들에게 받았던 사랑을 더 선명히 볼 수 있게 되었다. 내 삶을 더 따뜻하게 바라보게 되었다. 아내를 망고라고 부른다. 봄날의 햇살보다 따뜻하고 시월의 단풍보다 우아한, 망고에게, 감사의 마음을 전한다.

# 목차

# 4 우리가
사랑을 말할 때

# 5 인생은 사랑 아니면
사람이겠지

1

# 왜 나는
# 나를 사랑하는가

# 친절의 기본값

진정한 아름다움은
자신의 인생을 사랑하는 데 있음을
기억했으리라.

**– 킴벌리 커버거, 「지금 알고 있는 걸 그때도 알았더라면」 중에서**

──────── 친절의 기본값이 높은 사람이다. 친절이 몸에 밴 사람이라는 말이다. 대화를 할 때도 조언을 하기보다는 경청을 해주는 편이다. 상대의 말을 공감하고 그에게 필요한 말을 적절한 타이밍에 전할 수 있다. 혹여 상대가 틀린 말을 해도 굳이 틀렸다고 말하지 않는다. 누군가가 "하루는 26시간이야."라고 하면 "무

슨 말이야, 24시간이지."라고 하기보다는, '아… 그런가?' 하며 넘어간다. 그가 기분 나빠 할 수도 있기 때문이다. MBTI 성격검사를 해도 INFJ나 ENFJ로 나온다. 공감을 잘하고 갈등을 중재한다, 등의 특징이 있다. 주변 사람들도 나를 친절하다고 생각한다.

조금 강박적으로 그럴 때도 있다. 내가 그를 좋아하건 아니건, 일단 상대방은 나를 괜찮은 사람이라고 생각해 주기를 바란다. 적을 만들지 않는 편이라고 할까, 아무에게도 밉보이고 싶지 않다. 그건 처세 능력이 부족해서일 수도 있다고 생각하고, 적을 만들지 않는 게 사회생활의 성과지표라고 여긴다. 타고난 성향도 그런 편이지만 사회생활을 하면서는 처세도 능력이다, 라는 마인드로 되도록이면 친절한 사람이 되려고 한다.

하지만 모든 사람이 나를 좋아할 수 없다는 건 알고 있다. 사람은 자기와 다른 걸 이해하지 못하는데, 때로는 단지 다르다는 이유로 누군가를 미워하기도 한다. 가재는 게 편이고, 초록은 동색이고, 끼리끼리 어울린다, 라는 건 모두 다름에 대한 이해가 부족해서 생기는 일이다. 나 역시 괜히 누군가를 싫어할 때도 있는데 그러면서도 남들은 모두 나를 좋아해 주기를 바라는 건 욕심이다. 그걸 모르는 게 아니다.

친절함과 별개로 마음은 잘 열지 않는다. 겉으로는 친절해도 속으로는 나름의 선을 긋고 있다. 상냥하게 웃기도 하고 듣기 좋은 말도 더러 하지만 속은 잘 보여주지 않는다. 쉽게 친해지려고도 하지 않는다. 애써 인연을 만들지 않는 것이다. 사실 타고나기를 남에게 관심이 없는 편이고 마음을 열더라도 시간이 오래 걸리는 사람이다. 이제는 나이도 삼십 대 중반이라 새로운 관계를 만드는 게 귀찮기까지 하다. 이미 있던 관계도 멀어지는데 굳이 새로운 인연은 필요하지 않다는 것이다.

강원도 인제에서 군 생활을 할 때였다. 본부 중대장으로 30명 정도의 병사들을 관리했다. 병사들이 먹고, 입고, 자고, 훈련받는 등의 일상을 통솔했다. 그럼에도 병사들에게 욕을 하거나 얼차려를 준 적은 없다. 부대 운영에 필요한 지시와 명령은 내렸지만 인간적으로 불합리한 행동은 하지 않았다(고 생각하지만 나만의 생각일 수도). 같은 건물에는 다른 본부 중대가 있었는데 그 부대의 중대장님은 나와는 스타일이 달랐다. 병사들에게 장난도 치고 때로는 욕을 하기도 했다. 하지만 그의 병사들은 그를 좋아했다. 내 병사들이 나를 좋아하는 것보다 그의 병사들이 그를 더 좋아하는 것 같았다. 한마디로 질투를 한 건데, 그때까지만 해도 잘 이해가 되지 않았다. 그는 왜 인기가 많을까에 대한 의문이었다. 나는 병사들에게 욕도 안 하고 친절하게만 구는데 왜 장난도 치고 욕도 하는 그가 더 인기가 많을까 싶었던 것이다.

시간이 지나 내린 결론은 이랬다. 나는 친절했지만 그들에게 마음을 열지는 않았다. 그들이 잘 지내길 바랐지만 그 이상으로는 정을 주지 않았다. 나의 친절은 직책에 대한 책임감과 관리자로서 내 군 생활이 무탈하기를 바라는 마음에서 온 것이다. 친절의 기본값 이상으로는 그들에게 정을 주지 않았다. 친동생처럼 그들을 아꼈다면 그들도 나에게 마음을 열었을 것이다. 하지만 내가 그러지 않았고 그러니 나에게 거리감을 느꼈던 것이다. 반면 다른 중대장님은 병사들에게 정을 주고 있었다. 그게 그와 나의 차이였다.

사람을 움직이는 건 진심이다. 상대방이 나를 좋아하는지 아닌지, 마음을 주는지 아닌지, 사람들은 그런 걸 본능적으로 느낀다. 겉으로 드러나는 태도와 속에 숨은 진심을 구분할 수 있다. 진심을 담은 노래와 기교만 뛰어난 노래가 다르듯이 상대방의 마음이 진심인지 아닌지를 감각적으로 알아챈다. 관계에서 제일 중요한 건 진심인데, 그 평범한 진리를 그제야 깨달은 것이다. 병사들이 먼저 나에게 다가오기를 바랐던 것은 욕심이었다.

그렇다고 내가 이중인격자나 가식쟁이냐고 한다면, 그런 것도 아니다. 다만 많은 사람에게 정을 주는 사람이 아니라는 것이다. 성향에 대한 이야기인데, 나는 내가 가진 에너지로 나만의 세계를 만들어가는 사람이다. 에너지를 발산하기보다는 수렴시킨다. 나를 이해하고, 나를 돌아보고, 그렇게 내면의 세계를 만들어 가는 데 나의 에너지를 사용한다. 다른 사람들과 있으면 괜히 피곤해지는 반면 혼자서 시간을 보낼 때는 에너지가 충전된다. 외로운 건 싫지만 그렇다고 넓은 인맥이 필요한 사람은 아니다. 좋아하는 몇몇 관계에서 안정을 느끼고 그 안에서 행복을 찾는다.

섬세한 사람들은 타인과 관계할 때 에너지를 많이 소모한다. 누군가를 상대하려면 그의 감정을 이해하고 그에 맞게 나의 행동을 '통제'해야 한다고 느낀다. 때문에 그런 사람에게 타인과의 소통은 편의점에서 컵라면을 사 먹듯 잠옷 바람으로 할 수 있는 일이 아니다. 회사에서 미팅을 하듯 머리도 감고, 옷도 신경 쓰고, 그렇게 긴장감을 가지고 해야 하는 일이다. 나라는 사람은, 나 같은 종류의 사람은, 그런 사람이다. 누군가에게 친절하다는 건 그 자체로 많은 에너지가 소모되는 피곤한 일이라는 것이다.

잘하고 있는 거 아니야? 사람이 사회성이 있어야지, 그래야 잘 살지, 라고 해주는 사람도 있다. 성공도 결국은 사람 간에 일이라 대인관계가 기본이라는 것이다. 그게 성공에 영향을 준다고, 그러니 여러 사람들과 잘 지내야 한다고 말이다.

나도 예전에는 그렇게 생각했다. 그래서 많은 사람 속에 나를 던져 보기도 했다. 여러 모임에 참석하고 그곳에서 리더 역할을 자처했다. 봉사 동아리, 축구 동아리, 학군단 ROTC, 군대 등에서 모임장을 맡았다. 조직의 목표에 맞게 구성원들을 이끌고 그 안에서 발생하는 갈등들을 조율했다. 공동체가 하나가 되도록 노력했다. 그 과정에서 많은 사람을 만났고 그때 경험한 일들이 인생을 사는 데 중요한 밑거름이 되었다. 특히 대인관계의 핵심은 소통능력이라는 걸 배웠다. 상대방의 감정을 이해하고, 그의 주장을 들어주고, 그와는 다른 나의 입장을 전달하고, 그러면서도 일을 진행시키고, 그에 따르는 갈등을 조율하는 것. 그게 중요했다. 대인관계를 잘하는 건 소통 능력의 문제지 인맥이 넓고 좁고의 문제가 아니었다.

'타인과 관계하는 나'는 섬세한 사람이고 내가 좋아하는 '소수'와 '깊은 관계'를 추구한다. 그 수가 많지 않아도 그들만 있으면 '충분히' 행복할 수 있다. 다수와 어울리기 좋아하는 사람이 있고 그와는 반대인 사람이 있다면 나의 경우는 후자에 가깝다. 그런 내 성향에 대해 자책할 필요는 없다.

때문에 앞으로는 친절의 기본값을 낮추고 살고 싶다. 나의 친절은 가식적이고, '나는 정을 안 줘도 너는 줬으면 좋겠어.'라는 욕심이 기반이다. 그건 상대방도 나도, 모두 속이는 일이다. 이제는 그런 일에 에너지를 쓰고 싶지가 않다.

그렇다고 예의 없는 사람이 되거나 반사회적인 인물이 되겠다는 건 아니다. 다만 남의 시선에 대한 과도한 자의식을 줄이고 관계에서 오는 스트레스를 줄이고 싶다는 말이다. 너와 나 사이에 분명한 선을 긋는 태도, 속으로만 그러는 게 아니라 겉으로도 그럴 수 있는, 그런 사람이 되고 싶다.

조금 더 분명하게 살고 싶다. 나에게도, 타인에게도, 진심인 사람이 되고 싶다. 혹여 조금 불친절한 사람이 되더라도 말이다.

# 자꾸 죄송한 사무실의 남자

말은 생각을 담는 그릇이다.
그래서 말을 존재의 집이라고 한다.

— 류시화, 「법정 잠언집」 중에서

───────── 회사를 그만두기가 쉽나.

먹고사는 건 삶에서 가장 기본이고 생계를 위해선 돈이 필요하다. 애초에 부자가 아닌 이상 사람들은 먹고살기 위해 회사를 다닌다. 몸이 구겨지는 출근길 지하철도 버텨야 하고 상사가 모욕적인 말을 해도 참아야 한다. 불편하고 힘든 것보다, 막말로 받는 스트레스 보다, 월급이 더 중요하다. 자존심이 밥을 주지는 않는다. 회사를 그만두기는 쉽지 않다.

하지만 일주일에 52시간을 회사에서 보내다 보면 회사는 우리에게 밥벌이 이상의 의미를 갖는다. 출퇴근을 고려해 집을 구해야 하고, 해외로 발령이라도 나면 외국에서 자녀를 키워야 한다. 회사 일이 커리어의 전부가 되기도 하고, 매일 만나는 팀원들이 인생의 동료가 될 수도 있다. 생계를 위해 회사에 다니지만 하루의 대부분을 회사에서 보내다 보면 일이 일로만 끝나지는 않는다. 회사생활은 삶이고 그 시간이 모여 인생이 된다.

회사에서는 자존감이 낮아질 일이 많다. 상사에게 무시를 받기도 하며 조직을 우선해서 개인이 뒷전이 되기도 한다. 노력 대비 성과가 전혀 없을 때도 있고 남의 실수를 대신해서 책임질 때도 있다. 입만 산 사람이 나보다 월급을 많이 받기도 하고 그런 사람에게 잔소리까지 들을 때도 있다. 자존감은 무언가를 성취할 수 있다고 믿는 '자기 효능감'과 스스로를 사랑받는 존재로 믿는 '자기 존중감'으로 나뉘는데 회사에서는 두 가지 모두를 위협받기 쉽다. 물론 회사에서 자신감을 얻고 삶의 활력을 찾는 사람도 있지만 그런 건 소수고 그 반대가 더 많다. 잘해야 본전이라고 할까, 자존감을 위협하는 회사로부터 스스로를 지키기는 쉽지 않다.

입사 초기에 가장 어려웠던 건 뭔가를 부탁하는 일이었다. 자료 요청, 작업 지시, 샘플 송부 요청, 샘플 제작 요청 등 매일이 협조의 연속이었다. 어떤 일이든 남에게 부탁할 바에는 직접 하는 게 낫지, 라는 마인드로 살아왔는데 회사에서는 그게 어려웠다. 혼자 할 수 있는 일은 없었고 모든 일에는 협조가 필요했다.

하지만 부탁하는 게 쉽지 않았다. 혼자 하는 일은 바로바로 했지만 남에게 뭔가를 부탁하는 일은 손이 가지 않았다. 다른 선배들은 전화 한 통으로 쉽게 일을 끝내는데 나는 그게 어려웠다. 그래도 일은 해야 하니 자꾸 죄송해하는 사람이 되어 있었다.

죄송한데 ~ 좀 해주세요. …

　　　　　　　죄송한데 ~ 좀 부탁드려도 될까요? …

죄송한데 ~ 좀 알려주세요. …

　　　　　　　~ 좀 부탁드리려고요. 죄송합니다.


　협조를 구할 때면 죄송하다는 말이 앞섰다. 하지만 진심으로 죄
송하지는 않았다. 미안한 마음일 때도 있지만 대개는 아닐 때가
더 많았다. 죄송하다는 말은 부탁이 불편해서 덧붙이는 하나의 수
사였다. 이래야 상대방이 도와주지 않을까, 그래야 협조를 해주지
않을까, 죄송해하고 있으니 좀 해달라, 협조가 필요하다, 라는 식
이었다.


　회사에 적응을 하니 이건 좀 아닌 것 같았다. 회사에서 협조는
당연한 건데 자꾸 스스로를 죄인 취급하는 것 같았다. 자존감을
낮추는 언어 습관이었다. 하루는 선배에게 질문할 게 있었다.
　"선배님, 죄송하지만 이것 좀 알려주실 수 있나요?"
라고 묻자 그분은 많은 것들을 알려줬다. 더 묻고 싶어져,
　"죄송한데 한 가지만 더 여쭤볼 수 있을까요?"

"진짜 죄송한데 마지막 한 가지만 더 여쭤봐도 돼요?"

라고 했고, 그런 나에게 선배는

"일하는 건데 뭐가 죄송해."

라고 했다.


자존감은 모든 말과 모든 행동에 영향을 받는다. 어떤 말을 하고, 어떤 선택을 하는지, 그 모든 게 자존감에 영향을 미친다. 언어 습관도 마찬가지인데, 자꾸 스스로를 비하하다 보면 자존감이 낮아질 수밖에 없다. 말은 존재의 집이라고 이야기한 법정 스님의 말씀처럼 언어는 생각의 발현이지만 반대로는 언어가 생각을 규정하기도 한다. 생각하는 대로 말하기도 하지만 말하는 대로 생각하기도 한다. 자신을 자꾸 비하하다 보면 그게 처세를 위한 일이라도 자존감이 낮아질 수 있다.


부탁하면서 죄송해하는 건 예의 바른 거지, 라고 생각할 수 있다. 하지만 내가 죄송하다고 덧붙이는 건 상대방에 대한 존중보다는 내가 편하기 위한 하나의 처세에 불과했다. 속으로 욕을 하면서도 말로는 죄송하다고 할 때도 있었다. 상황이나 사람에 대한 구분 없이 항상 낮은 위치에서 관계를 맺으려고 했고(내부 영업이 랄까) 그렇게 해야 일이 더 편하다고 생각했다.

하지만 강한 사람에게는 약하게 굴고 약한 사람에게는 강하게 구는 사람들이 있다. 스스로를 약자로 규정하고 사람을 대하다 보면 상대방은 나를 더 무시한다. 처세를 할 때는(적어도 회사에서는) 상대방에게 무시하면 안 될 존재가 되어야 한다. 내 실력이 뛰어나든, 권력이 있든, 상대방에게 약자로 보이면 안 된다는 것이다. 점점 그걸 깨닫게 되었다.

이제는 죄송하다는 말은 그만하고 싶다. 일은 일대로 하고 관계는 관계대로 맺으려 한다. 무조건 자신을 낮추며 일할 필요는 없다. 이를 위해서는 세 가지를 생각해봐야 한다. 첫째는 나도 상대방에게 필요한 존재라는 것이다. 회사는 협업으로 돌아가고 누군가에게는 내가 필요하다. 내가 부탁할 때도 있지만 그 반대의 순간도 있다. 나만 뭔가를 요구하는 건 아니라는 것이다. 두 번째는 나 자신이 아닌 회사를 위해 일하고 있다는 것이다. 나의 협조 요청은 나를 위한 게 아니라 업무를 위해서다. 나 좋자고 하는 일이 아니니 당당할 필요가 있다. 마지막으로 상대방이 해주는 협조는

그가 해야 할 그의 업무라는 것이다. 그가 그 일을 해야 하는 건
내가 부탁해서가 아니다. 원래 그의 업무인 것이다. 협조를 구한
다고 그에게 인간적인 피해를 주는 게 아니다. 앞으로 회사 책상
에 이런 말을 붙여 놓을까 싶다.

그만 죄송하다고 할 것

그만 죄송할 것

이라고 말이다.

# 과묵해도 괜찮아

어쩌면 별들이 너의 슬픔을 데려갈 거야.
어쩌면 희망이 너의 눈물을 영원히 닦아 없애 줄 거야.
그리고 무엇보다도, 침묵이 너를 강하게 만들 거야.

– 댄 조지, 「어쩌면」 중에서

———————— 나는 과묵한 편이다. 사무실에서는 사적인 대화
를 거의 하지 않고 팀원들과 점심을 먹을 때도 말을 많이 하지 않
는다. 물론 여자 친구나 편한 친구들과 있을 때는 말이 많지만 기
본적으로는 과묵하다. 그런 이유로 낯선 이들과의 시간을 좋아하
지 않는다. 어색하지 않으려면 말을 해야 하는데 화제를 고르고

대화 거리를 찾는 게 피곤하다.

 말이 없는 이유는 진지한 생각이 많기 때문이다. 우리는 왜 사는지, 인생의 목적은 무엇인지, 행복은 무엇인지, 불안하고 외로울 땐 어떻게 해야 하는지, 글을 잘 쓰려면 어떻게 해야 하는지, 축구를 잘하려면 어떻게 해야 하는지 등등, 그런 생각들이다. 철학적인 생각들이 머리 한편을 채우고 특정 관심사에 대한 생각들이 나머지 머리를 채운다. 입 밖으로 발산되기보다는 마음 깊이 침잠하는 생각들이다. 엘리베이터 앞에서 잠깐 만난 회사 동료에게 이런 이야기를 하는 건 그와의 관계에 도움이 안 된다. 그 정도의 눈치는 있다.

 말이라는 것은 생각의 드러남이다. 진지한 생각을 하다 보면 일상적인 대화에 필요한 신변잡기적인 일들에는 관심이 가지 않는다. 오늘 날씨가 좋은지 나쁜지, 회사 근처의 맛집은 어딘지, 요새는 어떤 연예인이 유명한지, 그런 것들에 별로 관심이 없다. 스마트폰이 있는 이상 아예 모를 수는 없지만 신경을 많이 쓰지는 않는다는 것이다. 그러려니 하고, 그런가 보다 한다. 때문에 누가 어떤 맛집이 괜찮다고 하면 "아~ 그렇군요…." 하는 식의 반응밖에 하지 못한다. 사회생활을 위해 애써 공감도 하고 더 크게 반응도 할 수 있지만 그건 그저 사회생활을 위한 하나의 기술에 불과하지 진심은 담겨 있지 않다.

너무 진지한 거 아니야, 라고 하면 그 말이 맞다. 진지함을 금기 시하는 지금의 사회 분위기에는 별로 어울리지 않는다. 하지만 그런 비판에 별로 신경 쓰지 않는 이유는 내 성향을 틀린 게 아니라 다른 것으로 생각하기 때문이다. 세상에는 여러 사람이 있고 그중에는 나 같이 진지한 사람도 있다. 주기적으로 무당에게 신점을 보는 사람도 있고 365일 라면만 먹는 사람도 있듯이 나처럼 진지한 생각만 하는 사람도 있을 수 있다. 그런 진지한 생각들을 모으면 글이 되기도 하고 그 덕분에 글 작가가 될 수도 있다. 진지하고 과묵한 성향이 일상에서는 불편하지만 그게 작가가 되기 위한 소양이라고 생각하면 오히려 감사하다. 모두 가질 수는 없는 인생에서 내게 주어진 것들에 감사하는 일이 스스로를 위하는 길이다. 그걸 알고 있다.

어려서는 말수가 적어 인간관계가 힘들다고 생각했다. 화제를 주도하며 중심에 서는 친구들이 있는 반면, 나는 그렇지 않았다. 특히 대학이나 사회에서는 짧은 시간에 존재감을 드러내야 했다. 그런 순간들에 대화를 이끄는 재치 있는 사람들이 있는 반면 나는 비교적 과묵했다. 하지만 활달한 친구들이 부러울 때가 있었고 그런 내 욕심과 그렇지 못한 나의 성향 사이, 그 괴리에서 오는 열등감에 괴로울 때도 있었다.

하지만 살다 보니 두 가지를 깨달았다. 첫 번째는 사람들은 듣는 것보다는 말하는 걸 더 좋아한다는 것이다. 사람이 '귀가 두 개고 입은 하나'인 이유는 말하기보다는 듣는 게 더 중요하기 때문이고, 내가 주장하는 바도 같은 맥락이다. 사람은 자기 애기만 하는 사람보다는 나의 이야기를 들어주는 사람을 좋아한다. 경청은 상대방에 대한 관심인데, 사람들은 자신에게 관심을 주는 사람을 더 좋아한다는 것이다. 나이가 들수록 그걸 점점 더 느끼고 있다(나이가 들수록 사람이 더 외로워져서 그런 게 아닐까). 관심의 기본은 이야기를 듣는 것이고 그런 이유로 이제는 화제를 주도하는 달변가보다 이야기를 잘 들어주는 사람이 더 멋있어 보인다.

예전에는 말을 잘하는 사람이 사회생활을 잘할 거라고 믿었다. 하지만 이제는 잘 들어주는 사람이 관계를 더 잘할 거라고 생각한다. 경청하고, 공감하고, 그걸 바탕으로 상대방을 이해해 줄 수 있는 사람이 인간관계도 더 잘 맺을 수 있다고 믿는다. 잠깐 유행하고 사라진 대왕 카스텔라 가게처럼 어느새 잊히는 그런 관계가 아니라 시간을 이어가는 진중한 관계가 되려면 입이 아닌 귀가 열려 있어야 한다.

좋은 대화는 서로가 경청하는 대화다. 그런 대화에는 사람을 몰입시키는 힘이 있다. 그런 대화를 하다 보면 드라마를 보다가 밤을 새우는 것처럼 시간이 어떻게 지났는지 모를 때가 많다. 헤어질 때면 다음에 또 얘기를 나누자고 약속한다. 정말 재미있었다고, 다음에도 만나 이런 대화를 나누자고 한다. 유머 있는 대화였든 진지한 얘기였든 사람들은 경청하는 대화를 좋아한다. 그렇게 관계가 이어진다.

두 번째로 깨달은 건 이런 것이다. 세상에는 나와 어울리는 사람도 있고 그렇지 않은 사람도 있다. 같이 있으면 편하고 말이 많아지는 사람이 있는 반면 어떤 사람은 괜히 불편하다. 잠깐만 시간을 보내도 금방 알 수 있다. 안 맞는 사람은 어떤 노력을 해도 친해지기 어려운데 어렸을 때는 왜 그게 잘 안 되는지 고민하기도 했다(내가 말수가 적어서 그런 게 아닐까 하고). 하지만 이제는 그러려니 한다. 모든 사람이 나와 잘 맞을 수는 없다.

그런 궁합은 남녀 간에도 마찬가지다. 연인 간의 궁합도 비슷하다는 건데, 소개팅도 결국은 둘 중에 하나다. 상대방이 나를 마음에 들어 하든지 아니면 관심이 없든지, 그 둘 중에 하나다. 그리고 관심이 없는 상대의 마음을 돌리는 건 모르는 사람에게 신용카드를 파는 것만큼이나 어렵다. 그걸 몰랐을 때는 호감을 얻으려고 노력하기도 했지만 언젠가부터는 만날 때부터 그런 궁합이 정해져 있다는 생각이 들었다. 처음부터 잘 맞는 사람과 시작하는 게 좋지, 굳이 호감이 없는 사람의 마음을 돌려 봤자 피곤하기만 하고 나중을 위해서도 좋지 않다는 판단이었다. 나 또한 호감이 안 가는 상대방은 시간이 지나서도 호감이 가지 않았다(애초에 대화가 잘 안 통한달까). 그걸 깨달은 뒤로는 소개팅 자리에 부담이 없었다. 마음에 들 사람은 어차피 정해져 있으니, 괜히 걱정할 필요가 없었다. 친해질 사람은 친해지고 아닐 사람은 아닌 것이다. 연인 간에도 그렇고 일반적인 인간관계도 그렇다. 맞지 않는 인연을 붙잡고 살기에 인생은 길지 않다.

그렇다고 인간관계가 쉬운 건 아니다. 비슷한 사람을 만났다고 해서 관계가 쉽게 유지되는 건 아니다. 사람은 모두 다르다. 비슷한 사람끼리도 다른 점이 있다. 자기 단점도 미워하는 게 사람인데 타인을 있는 그대로 이해해 주는 건 불가능하다. 나에게 단점이 있듯이 그에게도 단점이 있다, 라는 걸 알아야 한다.

인생에서 가장 어려운 게 인간관계다. 그게 어려워 수많은 갈등이 생긴다. 유교사회에서는 부부유별, 붕우유신, 부자유친 등을 가르친다. 부부간에, 친구 간에, 그리고 부모자식 간에 믿음과 신의를 가져야 한다는 것이다. 하지만 인간은 그렇게 교과서적이지도 않고 그만큼 도덕적이지도 않다. 아끼는 만큼 집착하는 게 사람이고 믿는 만큼 상처를 주는 게 사람이다. 사랑할수록 서운해하고 아낄수록 집착하기도 한다. 나이가 들수록 관계는 더 어려운데, 생활 습관이나 가지고 있는 철학, 세상을 바라보는 관점이 각자 더 굳어지기 때문이다. 타인의 존재를 있는 그대로 인정하는 건 점점 더 어렵다.

조금은 과묵한 성향이다. 그게 때때로 불편하지만 그런 이유로 사회생활이 힘들거나 인간관계가 어렵지는 않다. 과묵한 게 단점 일 때도 있지만 장점인 경우도 많다. 앞으로의 숙제는 말수를 늘리는 것도 아니고 분위기를 주도할 유머를 배우는 것도 아니다. 누군가의 이야기를 경청하고 그의 존재를 이해하는 일, 그런 마음의 크기를 넓히는 게 중요하다. 나의 진지함을 이해해 줄 누군가를 만나 그의 이야기를 경청하고 나의 속마음을 이야기하는 것, 그렇게 서로의 존재를 공감하며 사는 것, 그런 인연을 이어나가는 것. 그게 중요하다. 나를 사랑해 주는 사람들을 만나, 나 또한 그들을 사랑하며, 그렇게 살면 된다.

조금은 진지해도 괜찮다.
그러니 조금은 과묵해도, 괜찮다.
내 모습 그대로도, 충분하다.

# 가장 개인적인 것이
# 가장 행복한 것이다

나의 노래는 라일락 꽃과 그 꽃잎에 사운대는 바람 속에 있다
나의 노래는 항상 별같이 살고파 하는 네 마음 속에 있다

— 신석정, 「나의 노래는」 중에서

─────── 나의 작지만 확실한 행복을 소개합니다.

2018년부터 '소확행' 열풍이 불었다. 무라카미 하루키의 에세이
집에서 유래한 이 말을 『아프니까 청춘이다』의 저자인 김난도 교
수가 『트렌드 코리아 2018』에 소개했다. 일상의 작지만 확실한 행
복을 뜻하며, 하루키는 "갓 구운 빵을 손으로 찢어 먹는 것, 서랍

안에 반듯하게 접어 돌돌 만 속옷이 잔뜩 쌓여 있는 것, 새로 산 정결한 면 냄새가 풍기는 하얀 셔츠를 머리에서부터 뒤집어쓸 때의 기분"을 예로 들었다. 사람들은 이 단어가 주는 울림에 공감했다. 미래를 위해 현재를 희생하는 데 지쳐 있었기 때문이다. 이제는 고유명사 같은 단어가 되었고 누구나 들어봤을 표현이 되었다.

소확행을 설명하기 위해서는 하나의 개념이 더 필요하다. 작다는 말(소)도 중요하고 확실하다는 말(확)도 중요하지만 소확행을 이해하기 위해서는 하나의 기준이 더 필요한데, 그건 바로 '나만의 행복'과 '너만의 행복' 그리고 '그만의 행복'이다. 다시 말해 소확행은 '개인적인 행복'이라는 것인데, 저마다의 행복이 다르다는 것이다. "가장 개인적인 것이 가장 창의적인 것이다."라고 말했던 봉준호 감독의 언어를 빌자면 '가장 개인적인 것이 가장 행복한 것이다.'라고 할 수 있다. 이를 테면 누군가에게 보여주기 위한 행복도 아니고 남이 알아줘서 느끼는 행복도 아니다. 남과의 비교에서 느끼는 행복도 아니고 누구를 이겨야만 느끼는 행복도 아니다. '소확행이 유행이다.'라고 하여 억지로 갓 구운 빵을 손으로 찢어 먹을 필요도 없다. 스스로가 좋아서 하는 것, 누가 보지 않아도 행복한 것, 그게 바로 소확행이다. 개인이 느끼는 행복은 사람마다 하늘과 땅만큼 멀다. 커피 원두를 갈거나 음식을 예쁘게 차리는 게 행복한 사람도 있고 수학 문제를 풀거나 성냥개비를 책상에 쌓는 게 행복인 사람도 있다. 누구나 각자만의 행복이 있고 그만이 느끼는 기쁨이 있다. 내가 이해하는 소확행은 그렇다.

나의 소확행은 필사이다. 누군가의 문장을 노트에 받아 적는 것이다. 종이에 볼펜을 사각거리는 것도 좋고 아름다운 문장을 음미하는 것도 좋다. 글씨를 쓰다가 생각이 멍해지는 것도 좋고 커피와 함께 음악을 들으며 책상에 앉아 있는 것도 좋다. 대학생 때 책을 읽다가 마음에 드는 문장을 노트에 옮겨 적었는데 그때부터 필사가 취미가 됐다. 방학이면 가방에 뭉텅이로 책을 챙겨 동네 도서관으로 향했다. 도서관의 1층은 신문과 잡지를 읽는 열람실이었고 벽면이 통창이라 그 옆으로는 녹색의 풀과 나무가 있었다. 통창으로 햇살이 밝게 비쳤고, 좌석 수도 많지 않아, 필사하기에는 최고의 환경이었다.

사실 필사가 좋아서만 했던 건 아니다. 그게 어떻게든 인생에

도움이 될 거라고 생각하기도 했다. 독서법의 하나였고 필사한 문장들이 내 안에 쌓이면 보다 더 나은 사람이 될 것 같았다. 그렇게 되면 정신적으로나 물질적으로나 조금 더 풍요로운 인생이 될 거라고 믿었다. 다행히 지금 작가가 되는 데도 당시의 경험이 자양분이 되었다. 이제는 글쓰기 공부를 위해서라도 필사가 필요한 것이다.

하지만 글쓰기를 하든 안 하든, 인생에 도움이 되든 아니든, 필사 자체를 좋아한다. 그게 싫었다면 방학 때마다 손가락이 아프도록 필사만 할 수는 없었을 것이다. 인생에 도움이 될 거라고 믿기도 했지만 그보다는 필사 그 자체를 좋아했다. 채식이 몸에 좋은 걸 알아도 애초에 야채를 싫어하면 몇 년이고 채식만 할 수는 없다. 마찬가지로 필사를 계속할 수 있었던 건 그 자체가 좋았기 때문이지 그게 나에게 도움이 되어서가 아니었다. 도서관에서 필사를 했던 때는 20대 초반의 아름다운 추억이고 돌아가고 싶은 낭만적인 시절이다.

결과만 보고 과정을 후회한 적이 많다. 취업 준비를 하며 욕심

만큼 성과가 없을 때가 그랬다. 필사를 하지 말고 토익을 공부할 걸, 필사를 하지 말고 인턴을 할걸, 필사를 하지 말고 자격증을 딸 걸, 필사를 하지 말고, 필사를 하지 말고, 필사를 하지 말고… 하며 후회를 했다. 그때는 필사가 도움이 되는 게 없었다. 책을 읽고 필사를 해서 똑똑해지고 싶었는데 그다지 달라진 게 없었다. 원하던 기업에 취업을 실패하고 죄 없는 필사를 핑계로 삼았던 것이다.

하지만 글쓰기를 시작하고는 필사를 한 게 참 다행이라는 생각이 든다. 박완서의 문장으로 시작해 알랭 드 보통을 읽고 하루키를 좋아했던 그때가 참 알찬 시간이었다. 내 문장의 엄마는 박완서고 내 글쓰기의 스승은 하루키야, 라며 필사했던 과거를 뿌듯해한다. 결과론적인 이야기인데, 시간이 지나 혹시 글쓰기를 포기하면 그때는 다시 필사했던 시간을 후회할까? 아니, 그럴 일은 없다. 다시 말하지만 필사를 하는 이유는 그 자체가 행복이기 때문이다. 필사는 나에게 취미이자 행복이고, 즐거움이자 놀이이다. 인생에는 반드시 노는 시간도 필요하다.

지금까지 꾸준히 필사를 했다. 대학생 때는 도서관에서 필사를 했고 군대에서는 퇴근하고 숙소 책상에서 필사를 했다. 취업하고 는 시집을 필사했고, 시들이 내 영혼을 울린다고 느낄 때면 한 시간이고 두 시간이고 펜을 놓지 않았다. 아름다운 문장과 운율, 사각 거리는 펜 소리와 종이의 질감, 책상에 앉아 멍하니 생각을 지울 수도 있고 영혼을 울리는 글 조각도 만날 수 있는 시간, 필사는 작지만 확실한 행복이었고 있는 그대로의 즐거움이었다.

하루는 친구가 내 책상의 시집과 필사 노트를 본 적이 있다. 공대생인 친구는 이게 뭐냐고 나에게 물었다. 필사가 취미라고 했더니 친구는 나를 낯선 눈빛으로 쳐다봤다.

"나는 공대생이라 모르겠다."

라며 이해가 안 된다고 했다. 하지만 친구가 보낸 눈빛은 이해할 수 없음보다는 인정할 수 없음에 가까웠다. 쓸데없는 짓이라고 생각하는 것 같았다. 18년째 친구인데도 때로는 이렇게 멀구나, 싶었다. 친구와 나는 달랐고 필사가 취미라고 말한 적도 없기에 기분이 나쁘지는 않았다. 하지만 사람과 사람 사이에는 좁힐 수 없는 틈이라는 게 있다는 걸 그 순간 느꼈다.

　그래도 나는 필사를 한다. 누가 알아주든 알아주지 않든, 이해를 하든 아니든, 필사를 한다. 그리고 글 작가에게 필사가 즐거운 것은 행운이다. 좋은 문장들을 필사하다 보면 그건 어떻게든 글쓰기에 도움이 된다. 경외하는 작가들의 글을 따라 쓰면 그들의 생각과 삶을 더듬어볼 수 있다. 어떻게 이런 글을 썼는지 짐작해 볼 수 있다. 그들의 마음에 들어갔다 나온다고 할까, 그런 경험이 글을 쓰는 데 자양분이 된다.

　이런 내 행복과 행운을 놓치지 않을 것이다. 소확행이든, 미래를 위한 투자든, 필사하는 그 순간을 즐기고 그 행복으로 더 풍요로운 인생을 살아볼 것이다. 가장 개인적인 것이 가장 행복하고 가장 나다운 것이 가장 충만하다. 어쩌면 그 행복이 인생에서 가장 영양가 있는 밑거름이 될지도 모른다. 필사, 나다운 행복, 그 소확행을 즐기고 싶다.

# 왜 나는 글을 쓰는가

맺을 수 없는 사랑을 하고
견딜 수 없는 아픔을 견디며
이룰 수 없는 꿈을 꾸자

– 세르반테스, 『돈키호테』 중에서

─────── 글쓰기가 어려운 건 막막하기 때문이다. 흰 백지 위에 뭐라도 쓰고 싶은데 무슨 내용을 써야 할지 생각나지 않는다. 노트북을 앞에 두고 한 시간 두 시간을 고민해도 문장 하나 쓰기가 어려울 때도 있다. 그럴 때면 하얀 화면이 노트북 화면이 아니라 마치 내 머릿속 같다. 글쓰기를 처음 시작했을 때나 지금이

나 마찬가지다. 글쓰기가 익숙해지기도 했고 기술적인 요령이 생기기도 했지만 여전히 글쓰기는 어렵다.

나와는 달리 글감이 많은 사람도 있다. 특정 분야의 전문가나 그만의 분명한 콘텐츠가 있으면 그럴 수 있다. 공부하고 연구하는 주제로 글을 쓰면 내용을 간추리는 게 어렵지 소재가 부족한 건 아닐 것이다. 하지만 내가 쓰는 글은 그렇지 않다. 보고 느끼는 것들을 글로 쓰는 데 글감이 될 만한 소재가 많지 않다. 일상은 매일 똑같고 지루한 일상을 글로 쓰기엔 재미가 없다.

그래서 글을 쓸 때마다 불안하다. 언젠가 할 말이 없어지면 어떻게 하지, 라는 생각이다. 오늘 쓴 글이 한 달 전에 쓴 글과 비슷하거나 지난주에 쓴 글이 1년 전에 쓴 글과 비슷하면 안 되는데, 라는 걱정이다. 똑같은 문장, 비슷한 표현, 진부한 주제는 싫은데 글이 잘 안 써지면 그런 불안이 실체가 된다. 4년 동안은 그래도 글을 썼지만 앞으로가 문제다. 벽 앞에 선 기분이 들 때도 있다.

"점과 점은 연결된다."

라고 스티브 잡스는 말했다. 스탠퍼드 대학 졸업식에서 연설한 내용인데 인생의 순간들은 시간이 지나 연결되니 지금 하는 일에 최선을 다하라는 말이다. 현재에 하는 게 미래를 보장하지는 못해도 언젠가는 도움이 된다는 얘기다. 자신의 일화를 말했는데, 대학교 때 열심히 들었던 캘리그래피(서체) 수업이 나중에 애플사의 매킨토시 컴퓨터(Mac)를 개발하는 데 도움이 되었다고, 전혀 상관없어 보이는 인생의 순간들이 하나의 연결이 되어 성과를 낼 수 있다고 했다.

적확한 비유인지는 몰라도 글쓰기는 내 안의 점과 점들을 연결하는 일이다. 살면서 쌓인 작은 감상들, 잊고 지냈던 그런 점들을 한 알 한 알 엮어 밖으로 내놓는 일이다. 시간을 들여 타자기를 두드리다 보면 빛바랜 감상들이 다시 생명을 얻는다. 생각지도 못했던 새로운 의미가 된다. 그런 눈으로 세상을 바라보면 못 보던 것들이 보인다. 글쓰기라는 붓으로 내 안의 점들을 연결해 나만의 시선을 만드는 것이다. 스티브 잡스는 인생의 점과 점을 연결하여 세계를 바꿨지만 나는 내 안의 점들을 연결해 나라는 세계를 일깨운다.

"넌 너무 감성적이야."

라는 말을 자주 들었다. 너무 센티하다고 말하는 사람이 많았다. 맞는 말이다. 이성적이기보다는 감성적이고 논리적이기보다는 감정에 더 집중하는 사람이다. A와 B가 싸우면 논리의 옳고 그름보다는 그들의 감정에 대해 더 많이 신경 쓴다. 어려서부터 그랬다. 반면에 내 감정을 잘 드러내지는 않았다. 기쁜 건 기쁘다고, 슬픈 건 슬프다고 말하는 사람이 아니었다. 더 크게 웃거나 더 슬프게 울지 않고 마음에 담아 두었다. 느끼는 건 많았지만 표현은 별로 하지 않았다. 감정의 소비보다 수입이 더 많았고 이제 보니 그렇게 쌓인 감정들은 글의 소재가 될 보물이었다.

자신감이 있다. 살아가는 이상 계속 쓸 수 있을 거라는 자신감이다. 작가이기 전에 나의 운명을 살고 있고 그렇게 살면서 생겨나는 감정들에 최선을 다하다 보면 소재가 없어서 글을 쓰지 못하는 일은 없을 거라는 말이다. 시간은 하릴없이 흐르고 비슷한 일상도 사실은 매일이 다르다. 어제와 똑같은 하루는 세상에 없다. 거기서 오는 생의 감상들은 글쓰기의 소재이자 영감의 원천이고 글을 쓰는 동력이 된다. 따라서 글 쓰는 두려움을 극복하기 위해 해야 할 일은 최선을 다해 사는 것이다. 오늘의 감정을 소중히 여기고 회피하지 않는 것이다. 희망이든 절망이든, 설렘이든 불안이든, 차곡차곡 그것들을 내 안에 쌓아가면 된다.

　이제는

"너는 너무 감상적이야."

라는 말이 나에게는

**"그러니까 너는 글을 써."**

라고 들린다. 나다움을 사랑하고 주어진 삶에 최선을 다하는 것, 글 쓰는 불안을 이겨내는 나만의 방법이다. 살아가는 글이 살아있는 글이 되기를 바란다. 그게 또 내 마음을 흐르고 나아가 독자들에 마음에도 가서 닿기를 바란다. 멈추지 않고 생생하게, 그러기를 바란다.

# 2

# 돌아보니 그 삶은
# 아름다웠다

# 여름의 이름으로

그날, 텔레비전 앞에서 늦은 저녁을 먹다가 울컥 울음이 터졌다.
멈출 수 없어 그냥 두었다.
그 밤, 다시 견디는 힘을 배우기로 했다.

– 곽효환, 「그날」 중에서

올해 여름은 많이 더웠다. 얼마 전까지도 에어컨 없이는 못 살았는데 이제 입추가 지나 아침저녁으로 선선하다. 덥지도 않고 춥지도 않은 밤공기, 적당하고 편안한, 그런 밤공기다. 창문을 열면 풀벌레 소리가 들린다. 아파트 뒷산의 풀벌레들은 한 호흡에 서너 번씩 둥근 울림을 반복한다. 그 소리를 듣고 있으면 별빛 가득한 시골의 밤하늘이 떠오른다. 선선한 공기와 풀벌레 소리, 은은한 스탠드 불빛과 작게 들리는 재즈, 노트북 타자 소리, 글을 쓰는 나, 행복한 밤이다.

살면서 가장 더웠던 여름은 2013년의 여름이었다. 장교 후보생으로 하계 군사 훈련을 받았던 대학교 3학년의 시절이다. 그해 여름은 매일이 폭염이었지만 훈련에 빠질 수는 없었다. 짧은 머리를 한 번 더 자르고 훈련소로 가는 버스에 올랐다. 4주간의 훈련이 시작됐다.

훈련은 대부분이 야외 교육이었다. 아침 8시부터 오후 5시까지의 일정이었다. 아침부터 각 제대별로 교과목에 맞는 훈련을 받았다. 교육 장소로 가려면 작은 산을 넘어야 했는데 럭비공을 세워 둔 듯 경사가 가팔랐다. 군장을 등에 메고는 서 있기도 힘들었다. 걸을 때는 고개 들기가 어려워 앞사람의 뒤꿈치만 바라보며 걸었다. 햇볕에 방탄은 뜨거웠고 이마에는 금세 땀이 흘렀다. 한 걸음 한 걸음 힘들었지만 걸음을 멈출 수는 없었다. 앞사람도 가고 뒷사람도 가는 데 나만 멈출 수는 없었다. 언덕의 끝에는 "내가 메고 있는 군장의 무게는 아버지의 어깨보다 가볍다."라는 문구가 크게 적혀 있었다. 매일 아침마다 반복되는 교장이동, 그게 가장 힘들었다.

당시에는 매일 30도가 넘었다. 안전을 위해 일정 온도가 넘으면 훈련을 멈춰야 했다. 훈련이 중단되면 좋기도 했지만 한편으로는 시간이 아까웠다. 남들은 방학이면 해외여행을 가거나 인턴을 하며 스펙을 쌓는데, 나는 충청도의 어느 산기슭에서 흙먼지를 먹으며 훈련을 받았다. 가장 젊은 20대 초반에 이게 뭐 하는 짓인가 싶었다. 한여름의 햇볕은 탄알을 발사한 소총처럼 뜨거웠다. 그런 햇볕을 피해 건물이 만든 그늘에 앉아 쉬곤 했다. 멍하니 땅에 그어진 그늘과 햇볕의 경계를 바라봤다. 그 선명한 대조를 바라봤다. 그것 말고는 할 수 있는 게 없었다. 방탄을 벗을 수도, 소총을 놓을 수도 없었다. 땅의 푸른 잡초들이 바람에 흔들렸다. 여름을 맞은 매미소리가 귓전을 울렸다. 가장 더웠던 여름, 2013년의 여름이었다.

남들 다 하는 건데 그게 그렇게 힘들었냐, 라고 물으면 별로 할 말은 없다. 요즘의 군 생활이야(벌써 10년 전이긴 하지만) 예전보다는 편하지, 훈련도 약하고 생활 여건도 좋지, 라고 하면 틀린 말은 아니다. 더 힘들게 훈련 받은 사람도 많고 더 열악하게 생활한 분들도 많다. 그러니까 그 정도는 참아야지, 라고 말이다. 그런 생각들에 대해서 "아니야, 그건 절대 아니야."라고 말하고 싶지는 않다.

하지만 고통은 개별적이다. 내가 남의 아픔을 완전히 알 수 없듯 누군가도 나의 고통을 쉽게 여기면 안 된다. 나보다 힘든 시간을 보낸 사람도 많지만 나에게는 그때가 힘든 시간이었다. 살다 보면 시간이 지날수록 선명해지는 기억도 있는데, 나에게는 그때가 그랬다. 새벽마다 완전 군장을 메고 급경사의 언덕을 오르던 기억, 내리쬐는 햇볕 아래 멍하니 앉아 시간을 버티던 기억, 10년이 지난 지금도 그때가 종종 생각난다.

장교였던 게 잘한 걸까. 장교가 되려고 대학교 3, 4학년 동안 군사학 수업을 들었고 12주의 군사훈련을 받았다. 그리고는 28개월의 군 생활을 했다. 21개월(10년 전 기준)을 군대에서 보낸 남들보다는 더 많은 시간을 군 생활에 투자했다. 그 시간이 나에게 현실적인 도움이 되었을까, 그건 아니다. 장교 출신이라 돈을 더 버는 것도 아니고 더 좋은 직업을 구한 것도 아니다. 취업 시장에서 우대받는 것도 옛날 얘기고 회사에서도 내가 장교였음을 알아주는 사람도 없다. 어쩌면 그 시간에 전문직 시험을 공부했거나 구직에 유리한 스펙을 쌓았으면 지금보다 여건이 나았을 것이다.

하지만 장교였기 때문에 배울 수 있던 것들도 있다. 20대 초반의 혈기 왕성한 병사 삼십여 명을 통솔하고 그들을 조직의 목표에 맞게 이끌었던 경험. 나에게는 아부하지만 후임병은 괴롭히던 잔꾀 부리는 병사들을 식별하는 방법. 뭘 시켜도 잘하는 병사와 뭘 시켜도 못하는 병사에게 한정된 포상(휴가)을 분배하고 모두가 불만이 없도록 부대를 운영하는 노하우. 조직을 관리하는 나만의 기준과 나름의 철학에 대하여 생각해 본 경험. 밑에 사람들에게 일을 맡기고 그걸 기다려 보는 연습. 시킨 일에 대해 잘못된 부분을 지적하는 방법. 그런 것들을 배웠다. 삼십 대 중반인 지금도 회사에서는 고작 한두 명의 후배와만 일을 하고 있고, 그걸 보면 장교로서의 경험은 어디서도 쉽게 할 수 없는 소중한 경험이었다.

사실 한 가지는 분명하다. 장교가 되기 위해 겪었던 시간, 힘든 훈련을 참고 인내했던 그 시간은 내 안에 무언가를 남겼다는 것이다. 한 걸음도 떼기 어려웠던 언덕길을 오르고 내리쬐는 햇볕 아래 훈련을 받았다는 것, 그런 시간들을 견딘 사람이라는 것, 그걸 이겨냈다는 것, 그런 자부심이 있다. 너무 힘들어도 참고 견디다 보면 어느새 훈련은 끝나 있었고 그런 경험을 반복하다 보니 힘든 일도 시간이 지나면 지나간다는 '실감'을 체득할 수 있었다. 요새도 힘든 일이 생기면 10년 전의 그때를 떠올린다. 그때도 견뎠으니 이것도 견딜 수 있다고.

살다 보면 눈부시게 빛나는 순간도 있고 어둠에 그늘져 시들어가는 시간도 있다. 의미와 무의미를 구분하기 어려운 시간도 있다. 2013년의 여름, 훈련장의 잡초들은 햇빛이 강할수록 더 푸르게 빛났다. 가장 젊었던 20대의 시간, 그 뜨거운 햇볕 아래 나는 견디는 힘을 길렀다.

# 잠과 행복의 방정식

A sound mind in a sound body
(건강한 신체에 건강한 정신이 깃든다).

− 서양 속담

───────── 폭염이 계속되던 2013년 8월의 여름이었다. 대학교 ROTC 후보생으로 군사훈련을 위해 훈련소에 입소한 상황이었다. 하루는 야간 행군을 하는 날이었는데 그걸 위해 낮에는 휴식 시간이 주어졌다. 점심을 먹고는 낮잠을 자라는 지시였다. 행군에 대한 걱정보다는 눈앞의 낮잠 시간에 기분이 좋았다. 암막

커튼으로 햇빛을 가리고 잠을 자기 시작했다. 점심 식사 후의 식곤증의 도움을 받아 잠에 들었다.

잠시 눈을 감았다 뜨니 세 시간이 지나 있었다. 기억에 남을 만한 깊은 잠이었고 침대에서 일어날 때도 몸이 개운했다. 이래도 되나, 싶을 정도로 컨디션이 좋았다. 그 순간 깨달았다. 잠은 양보다 질이 중요하구나, 하는 것이었다. 깊은 잠을 잤고, 더없이 컨디션이 좋다는 것, 그 둘의 조합이 준 깨달음이었다. 한 가지 다짐을 했다. 앞으로는 하루에 네 시간만 자겠다고, 어차피 잠은 얼마나 '깊게' 자는지가 중요하니 하루에 네 시간만 자도 괜찮을 것 같았다. 훈련소에서 실천하기는 부담됐지만 훈련을 마치면 바로 행동에 옮겨볼 생각이었다.

퇴소를 하고 실천에 들어갔다. 되도록 새벽 두세 시까지는 깨어 있으려고 했다. 늦은 시간까지 책이라도 한 글자 읽으려고 노력했고 그렇게 몸이 피곤해야 깊은 잠을 잘 수 있을 거라 믿었다. 기상 시간은 일곱 시였다. 결과는 예상대로였다. 네 시간만 자도 컨디션이 괜찮았다. 이게 웬걸, 시간은 금이라고 하는데 인생의 금광을 발견한 기분이었다. 한동안 그런 생활을 반복했다.

하지만 세상에 공짜는 없었다. 한 달이 되지 못해 그만두고 말
았다. '작심삼주'라고 할까, 삼 주가 지나자 몸에 이상 신호가 왔
다. 학교 강의 시간에 꾸벅꾸벅 졸았고 지하철이나 버스를 타도
졸음을 이겨내기 어려웠다. 눈이 건조했고, 머리는 멍했다. 사소
한 일들에 짜증이 났고, 밤에는 깨어 있기도 힘들었다. 숙면의 힘
을 믿었지만 허사였다. 수면의 질도 중요했지만 잠을 자는 양도
무시할 수 없었다. 더 이상 그렇게 살 수는 없었고 한 달도 안 돼
포기하고 말았다.

나에게는 한 가지 철학이 있다. 몸과 마음이 연결되어 있다고
믿는 것이다. 몸과 마음은 서로 영향을 주는데, 몸이 아프면 마음
이 아프고 마음이 아프면 몸에도 병이 생긴다. 스트레스가 만병의
근원이라는 말에 동의한다. 몸과 마음은 이어져 있어 스트레스가
마음을 괴롭히면 몸도 아프기 마련이다. 이런 관점으로 나를 돌아
보니 과거의 나의 상태에 대한 새로운 퍼즐을 맞출 수 있었다.

때는 2017년이었다. 기다리고 기다리던 전역을 했고 생계를 위해 취업 준비를 시작했을 때였다. 지원한 회사들에 면접까지 마친 12월, 인생 처음으로 우울증에 걸렸다. 마음이 텅 비었던 시간이었다. 아무것도 없는 기분, 꺼진 모니터 화면 같은 마음이었다. 당시에는 가정사도 있었고 개인적인 스트레스도 있었지만 불규칙한 수면 습관도 우울증에 걸렸던 원인 중에 하나였다. 당시에는 내 상태가 외부 요인 때문이라고 믿었지만 지금 생각해 보면 그때는 체질에 안 맞는 술도 많이 마셨고 수면도 불규칙했다. 군대에서는 규칙적으로 생활했다. 같은 시간에 잠들었고 같은 시간에 일어났다. 하루에 7시간 이상 잤고 매일 운동을 했다. 하지만 전역 후에는 그러지 않았다. 운동도 하지 않았고 수면 습관도 불규칙했다. 특히 취업 준비가 끝날 즈음엔 해방감에 취해 새벽까지 술을 마실 때도 많았다. 그렇게 건강에 나쁘게 생활하는 중에 예상 못 한 스트레스가 많이 생겼고 그걸 몸이 견디지 못했다는 것이다. 그게 새로 맞춘 퍼즐이다.

최근에 어떤 교수의 강연을 들었는데 그는 이렇게 말했다. 노트를 펼쳐 놓고 오늘 행복했는지 매일 확인하라는 것이다. 그리고 그 옆에 수면 시간을 적어보라고 했다. 매일 행복과 수면에 대한 기록을 하다 보면 행복한 날과 그날의 수면 시간에는 상관관계가 높을 거라고 했다. 충분히 잔 날은 행복한 하루가 되고 잠이 부족한 날은 불행한 하루가 된다는 말이다. 잠을 잘 자야 건강하고, 그래야 행복하다. 이게 결론이다. 잠은 몸에도 보약이지만 행복에도 보약이다. 오류가 있는 섣부른 일반화일 수도 있지만 나는 이걸 일상을 통제하는 중요한 기준으로 삼고 있다. 아직까지의 경험으로는 이게 맞다고 느낀다.

물론 잠만 잘 잔다고 행복하기만 할 수는 없다. 우리가 그토록 바라는 행복의 방정식, 그 복잡한 문제의 정답이 그저 '잘 자는 것'만이라고는 생각하지 않는다. 불면증으로 괴로운 사람도 있는데 '너는 잘 못 자니까 불행한 거야, 그러니 잘 자야 해.'라고 할 수는 없다. 무책임한 대답이다. 우울증인 사람에게 '너는 우울하니까 우울증에 걸린 거야, 그러니까 우울하면 안 돼.'라고 못 하는 것과 비슷하다. 사람은 평범한 하루를 살다가도 발목을 접질려 불행한 하루를 보내기도 한다. 기쁜 마음으로 퇴근했는데 친구에게 서운한 말을 들어 저녁 내내 기분이 나쁠 수도 있다. 퇴근은 했지만 회사 스트레스로 잠을 설칠 수도 있다. 가정폭력을 겪는 사람도 있고, 환자가 있는 가족과 함께 사는 사람도 있다. 그런 걸무시하고 단지 잠만 잘 자면 행복할 수 있다고 말하는 건, 조금 머쓱하다.

하지만 잘 자는 습관, 규칙적인 숙면이 행복을 위한 기반이 될수는 있다. 돈이 많다고 행복한 건 아니지만 돈이 없어서 생기는불행은 수없이 많듯이, 잠을 잘 잔다고 무조건 행복한 건 아니지만 잠이 부족해서 찾아오는 불행도 생각보다 많다. 몸의 건강은행복을 위한 기본이고 몸이 건강하려면 좋은 잠을 자야 한다.

자는 시간을 아까워해서는 안 된다. 하루에는 최소 7~8시간은자야 한다. 자기 몸에 맞는 적당한 수면 시간을 찾아야 한다. 그래야 더 활기찬 생활이 가능하고 그래야 더 상쾌한 기분으로 하루를보낼 수 있다. 자는 시간이 아까웠던 어린 날의 열정은 그 자체로존중한다. 하지만 이제 와서 그걸 하라고 하면 지금은 할 수 없다.어리석은 욕심이라는 것이다. 죽으면 어차피 잘 건데 왜 그렇게자, 라고 물으면, 살아 있을 때 행복하려면 잘 자야 해, 라고 답하

고 싶다. 오늘도 잘 자려고 한다. 깊은 잠을, 편안하게, 잘 자고 싶
다.

# 새벽의 수영장에서
# 팔을 저을 때

삶이 남아 있다는 것은
아직도 나에게 그리움이 남아 있다는 거다.

– 조병화, 「고독하다는 것은」 중에서

─────── 2017년은 특별한 해였다. 그해 6월 30일, 군대를 전역했다. 스물여섯 살에 시작한 군 생활이었다. 28개월을 군인으로 살았고, 대학 ROTC 후보생 기간을 합치면 54개월이었다. 머리를 깎고 기초 군사훈련을 받은 게 2013년 1월이었다. 방학마다 훈련이 끝나면 이제 4년 남았네, 아직 3년 남았네, 하던 게 끝났

다. 무탈한 군 생활이었다. 몸도 건강했고, 좋은 사람들과 함께 했다.

전역하고 두 가지를 했다. 하나는 새벽 수영이었다. 종로에 있는 수영장에서 새벽 강습을 들었다. 아침 6시에 가서 1시간 동안 수영을 배웠다. 전역했으니 열심히 살자고 다짐했고, 새벽 수영이 그 시작이었다. 수영장은 지하철 6호선 안국역에 있었다. 새벽 수영이라 수강생이 적었고 나 말고는 출근 전의 직장인이 대부분이었다. 새벽의 수영장은 낮의 수영장과는 달랐다. 낮 시간의 수영장에는 형형색색 수영복을 입은 사람들이 북적이지만 새벽의 수영장은 그러지 않았다. 사람들이 없었고, 조명도 어두웠다. 물은 유독 파래 보였다. 강습하는 강사의 목소리만 정적을 뚫고 벽에 울렸다. 새벽의 수영장은 마치 새벽의 고요와 비슷했다.

수영을 배우기는 좋았다. 발끝이 겨우 닿는 물 깊이라 불편하기도 했지만 그래도 물에서 자유로워지는 기분이 좋았다. 레일을 따라 팔을 젓고, 호흡을 하고, 허벅지에 집중해 다리를 찼다. 레일 끝에 도착해 물안경을 벗으면 수영장이 한눈에 들어왔다.

조용했고, 시간이 멎은 것 같았다. 다시 출발할 때면 '이게 자유지.'라는 생각이 들었다. 경쾌한 물살이 팔과 머리, 어깨를 스쳤다.

수영을 마치고 집에 갈 때는 출근하는 사람들이 보였다. 나는 반팔에 반바지를 입고 머리도 덜 말린 채 집에 가는데 사람들은 정장을 입고 목에 사원증을 걸고 있었다. 수영장 옆에 대기업 본사가 있어 그 회사의 직원들과 동선이 겹쳤다. 나는 집에 가고, 그들은 회사에 가고, 그렇게 반대 방향으로 걸었다. 그들을 마주할 때면 기분이 묘했다. 백수가 된 기분이라고 할까. 아니 실제로 백수였다. 학생도 아니었고, 군인도 아니었다. 회사원도 아니었다. 전역하고 머리카락이 덜 자란 스물여덟의 남자, 그 이상도 이하도 아니었다. 처음 가진 무소속의 시간이었고, 소속 없는 나를 누군가에게(나 자신에게조차) 설명하는 건 어려웠다.

당장 취업 준비를 하기는 싫어 글쓰기 강의를 들었다. 강사는 소설을 쓰고 연극을 제작하는 분이었다. 강남의 오피스텔에서 수업을 들었는데, 첫째 날인가 둘째 날인가, 한 수강생이 나에게 물었다.

"이 세계에 들어오려는 거예요?"

질문의 의도는 모르겠지만, 별다른 대답은 안 했다. 그 세계가 뭔지 모르겠지만 그냥 글쓰기 수업을 듣고 싶었을 뿐이었다. 강의를 듣고 기억에 남는 건 두 가지다. 첫 번째는 소설은 주제의식이 가장 중요하다는 것이다. 당시에는 맞는 말 같았지만 지금 생각해 보면 주제가 중요하긴 해도 '가장 중요하냐'에 대해서는 납득하기 어렵다. 두 번째는 추레 아비에 대한 내용이다. 아비가 추레하면 가족들이 집을 떠난다고, 그런 주제를 가진 소설이 많다고 했다. 김영하의 「오빠가 돌아왔다」라는 단편이 대표적이었다. 추레 아비라는 주제는 처음 듣는 얘기였지만 인생을 관통하는 통찰이 있었다. 그 하나로 이해할 수 있는 일이 세상에는 많았다. 세상에는 추레 아비가 더 많을까, 그렇지 않은 아비가 더 많을까, 그게 궁금했다.

수영을 배우고 글쓰기를 배웠던 두 달의 시간은 특별했다. 자유로운 시간이었기 때문이다. 하지만 두 달 만에 그 자유가 버거워졌다. 전역의 흥분은 사라졌고 미래에 대한 불안이 찾아왔다. 덩 그러니 주어진 자유는 새벽 수영장의 고요와 비슷했다. 적막했고, 혼자인 것 같았다. 취업 준비를 미루고 있었지만 자유를 즐길 능력이 나에겐 없었다. 이대로는 이방인이 될 것 같았다. 새벽 수영과 글쓰기 수업을 그만두고 취업 준비를 시작했다. 6년 전의 이야기다.

당시의 두 달에서 배운 건 자유는 시간의 문제도 아니고 소속의 문제도 아니라는 것이다. 사람은 시간이 많아서 자유로운 것도 아니고 소속이 없어서 자유로운 것도 아니다. 시간이 많고 소속이 없어도 사람은 불안하다. 그리고 그런 불안에서 벗어날 수 없으면 사람은 자유로울 수 없다. 여기서 불안은 자신의 욕망이 실현되지 않을 거라는 두려움이다.

나에게 행복의 기본은 안정된 삶이다. 스스로 생계를 해결하고 가족들을 걱정시키지 않는 것. 한 달에 한두 번 친구들을 만나 삼겹살을 먹고 눈치 보지 않고 돈을 내는 것. 여자 친구와 기념일이면 선물을 주고받고 소고기도 사 먹는 것. 그게 나의 1순위 욕망이다. 그걸 기반으로 자기계발도 하고 실력도 쌓고 성취도 이루며 살고 싶다. 꿈을 위해 노력도 하지만 가장 중요한 건 사람들과 함께하는 삶이다. 꿈이 첫 번째인 외로운 소설가가 되는 건 바라지 않는다. "이 세계에 들어오려는 거예요?"라는 질문에 대한 답은 "싫다"이다. 꿈도 중요하지만 살아온 세계를 벗어날 생각은 없다. 엄마, 아빠, 친구들, 여자 친구, 그들이 사는 세상이 내가 사는 세상이다. 살아도 이곳에서 산다.

전역하고 6년이 지난 지금은 행복하다. 자유롭다고도 느낀다. 회사원인 게 좋아서도 아니고 돈이 많아서도 아니다. 회사를 그만두지 못해 아쉽기도 하지만 그런 어려움은 별거 아니라고 생각한다. 체력적인 어려움 정도라고 할까. 힘든 것도 맞지만 그냥 하면 된다. 보다 중요한 건 따로 있기 때문이다. 나에게 중요한 건 가족들의 행복이다. 친구들과의 우정이다. 여자 친구와의 행복한 삶이고 그녀와의 진실한 사랑이다. 그것들을 위해 착실히 살고 있으니 자유롭고 행복하다. 진심으로 그렇게 생각한다.


수영을 할 때 물속에서 자유로움을 느끼는 건 시간이 많아서도 아니고 누가 붙잡지 않아서도 아니다. 그저 나아갈 방향을 알고 손발을 젓기 때문이다. 가야 할 곳을 알고, 팔을 젓고, 발

을 차기 때문이다. 인생도 이와 비슷하다. 내가 욕망하는 것을

알고, 그걸 위해 노력하면, 자유로울 수 있다. 스스로의 인생을

사랑하고, 행복할 수 있다.

# 자기 나이의 삶

나의 생은 미친 듯이 사랑을 찾아 헤매었으나
단 한 번도 스스로를 사랑하지 않았노라

— 기형도, 「질투는 나의 힘」 중에서

─────── 지난주에 풋살을 했다. 5명을 한 팀으로 3개 팀
이 돌아가는 게임이었다. 두 팀이 경기를 하면 한 팀은 쉬고 그게
다시 순환했다. 근데 15명 중 절반 이상이 고등학생이었다. 친구
무리가 단체로 참여했다. 사회에 나온 이후로, 삼십 대가 넘어서
인 것 같은데, 나보다 어린 사람들의 나이를 구분하는 게 쉽지 않

다. 풋살장의 그들을 보고도 대학생인지, 고등학생인지 한참을 생각했다. 하지만 골격이 완성되지 않았고 피부가 여린 걸로 보아 성인은 아닌 것 같았다. 몇 명은 빨간 여드름을 얼굴에 달고 있었다. 그중 한 명에게 물었다.

"혹시 몇 살이에요?"

"열여덟 살이요."

정확한 정답이었다. 주관식 수학 문제를 맞힌 것처럼 기분이 좋았다. 조금 헷갈렸지만 고등학생일 것 같았고 그중에서도 2학년일 것 같았기 때문이다. 하지만 정답을 맞혔다는 기쁨도 잠시, 시간이 하릴없이 흐른다는 생각이 들었다. 18살이면 나보다 16살이 어린데 이 친구들보다 거의 두 배를 살아온 것이다. 10년이면 강산이 변한다는데 16년이면 무엇이 변할까. 16살 차이의 친구들과 같이 축구를 하고 있다는 게 신기했다.

겨울이라 날씨가 추웠다. 어떤 사람들은 비니에 넥워머를 쓰고 풋살을 했고 나도 방한 장갑에 옷을 여러 겹 입고 있었다. 근데 학생들은 달랐다. 아무도 장갑을 끼지 않았고 어떤 녀석은 반바지를 입고 뛰었다. 한 친구는 팔소매를 걷었는데 저럴 거면 긴팔은 왜 입었지, 저게 가능한 일인가 싶었다. 겨울 야외 운동에는 장갑이 필수인데 어떻게 저러지, 하는 마음이었다.

'자기 나이의 삶'이라는 게 있을까. 신체적으로나 환경적으로나 비슷한 삶의 궤적을 그리는 나이. 십 대에는 사춘기를 겪고, 이십 대에는 진로를 고민하며, 삼십 대에는 결혼을 하고, 사십 대에는 육아에 힘쓰는, 그런 삶의 모습 말이다. 생각해 보니 고등학교 때는 나도 저 친구들과 비슷했다. 겨울에도 긴팔티에 반바지만 입고 축구를 했다. 삼십 대가 넘은 지금은 그게 불가능해 보여도 나도 맨살을 내놓고 뛰어다니던 시절이 있었다. 학생들이 저렇게 뛰는 건 자기 나이의 삶을 즐기는 것이었다. 밥을 두 공기 먹어도 배고프고, 첫사랑의 한마디에 목매며, 겨울에 반바지를 입어도 괜찮은, 그런 십 대 청춘을 살고 있던 것이다.

삼십 대 중반의 자기 나이의 삶에 대해 생각해 보면 내가 살고 있는 나이는 친구들과 멀어지는 나이다. 한 달에 한 번 만나던 친구를 두 달에 한 번 보고, 매일 연락하던 친구와 연락이 뜸해지고, 그런 나이다. 별로 안 친하던 인연과는 연락이 끊기고, 대화가 수시로 쌓이던 채팅방에는 정적이 흐른다. 삼십 대 중반에 겪는 '자기 나이의 삶'에는 '친구들과의 멀어짐'이 있다.

스물두 살 때 군 훈련소에 입소하는 친구를 배웅해 준 적이 있다. 그때 친구 아버님이 이런 말씀을 하셨다.

"지금 너네 관계가 보기 좋다. 하지만 살다 보면 한 번 더 굴곡을 지나야 할 때가 올 것이다. 그걸 잘 넘기면 평생 함께하는 친구가 될 것이다."라고 하셨다.

그 말씀에는 인생을 관통하는 울림이 있었다. 그리고 지금 보면 아버님이 이야기하신 그 시기가 지금인 것 같다. 삼십 대 중반이 되니 관계가 조금씩 좁아진다. 회사에서 퇴근하고 누굴 만날 바에 그냥 쉬는 게 편하다는 생각이 든다. 사회 초년생 때는 퇴근하고 친구들을 만났지만 지금은 빈도가 줄었다. 친구들이 싫은 게 아니라 만남 자체가 일 같기 때문이다. 집에서 멍하니 쉬는 게 제일 편하다. 어중간한 관계는 연락이 끊겨 조용히 사라지고 친한 친구들과도 연락이 뜸해진다. 게다가 이제는 하나둘씩 결혼을 하고 나도 곧 있으면 결혼을 한다. 가정이 생기면 만날 시간은 줄어들고 육아까지 하면 더 이상 말할 것도 없다. 반년에 한 번이나 일 년에 한 번만 봐도 친하다고 할 수 있는 사이가 된다.

물론 '자기 나이의 삶'이라는 게 모두가 똑같은 모습으로 산다는 건 아니다. 사람마다 자기만의 삶이 있고 살아가는 방식도 다르다. 나와는 달리 십 대 때도 옷을 두껍게 입던 사람도 있고 삼십 대가 넘은 지금 진짜 친구를 만나 우정을 쌓으며 사는 사람도 있다. 결혼이 싫은 비혼주의자도 있고 아이를 낳지 않겠다는 딩크족도 많다. 각자가 가진 삶의 모습을 무시하고 신체 나이, 사회 나이에 따라 모두가 똑같다고 말할 수는 없다. 게다가 그 나이에 맞게 '무엇을 해야만 한다'는 건 더욱 아니다. 십 대에는 공부를 해야 하고, 이십 대에는 꿈을 가져야 하고, 삼십 대에는 돈을 모아야 하고, 사십 대에는 집이 있어야 한다, 라는 이야기는 하고 싶지 않다.

그럼에도 자기 나이의 삶을 이야기하는 이유는 '반가움' 때문이다. 학생들을 보고 나 역시 그랬다는 생각에 반가웠다. 덕분에 어린 시절의 나를 떠올릴 수 있었고 그때의 나를 만난 것 같아 기뻤다. 당시에 그랬던 건 십 대였던 나이 때문이고 그래서 이 주제에 대해 생각하게 되었다. 시간이 더 지나 삼십 대 중반인 지금을 돌아볼 때 무엇을 반가워할 수 있을지, 그것에 대해서도 생각해 볼 수 있었다. 지금 나의 행복은 무엇인지, 이 나이라서 할 수 있는 건 무엇인지, 지금의 나이가 지나면 하기 어려운 것은 무엇인지, 에 대해서 말이다.

삼십 대가 좋은 건 아무것도 모르는 나이도 아니고 뭔가가 완성된 나이도 아니기 때문이다. 이십 대는 방황하는 나이였다. 내가 좋아하는 것도 불분명했고 사람들과의 작은 갈등에 상처를 받았다. 외롭고 피는 끓는데 어떤 사람을 만나 사랑해야 할지도 몰랐고 열정을 쏟을 일이 무엇인지도 헷갈렸다. 그런 방황의 시기가 지나고 이제는 나만의 가치관이 생겼다. 사랑하는 사람을 만나 결혼을 앞두고 있고 글 작가라는 꿈이 생기기도 했다. 이제 시작하는 단계로 설레면서도 걱정도 되는 그런 시기다. 마라톤 선수가 오랫동안 몸을 만들고 시합 당일 출발 선 앞에 서 있는 기분이랄까. 하늘의 새도 놀랄 출발 신호가 울리면 단련된 종아리와 준비된 심장을 믿고 앞으로 뛰어갈 준비가 된 단계. 삼십 대 중반이란 그런 나이다.

물론 지금이 마냥 좋은 것은 아니다. 친구들과 멀어지는 게 아쉽기도 하고 어렸을 때처럼 마냥 도전만 할 수는 없다. 점점 겁이 늘고, 따지는 건 많아지며, 선입견은 견고해진다. 조금만 먹어도 배가 나오고 거울을 보면 눈가에 주름도 보인다. 그런 변화를 인정해야 하는 시기이고, 살아갈 방향에 대해서도 선택과 집중이 필요한 나이다.

하지만 그런 것들은 자연스러운 변화다. 아쉬울 수는 있지만 그렇다고 과거에 집착하는 건 어리석은 일이다. 지나간 시간을 후회하고 그때로 돌아가고 싶다며 투정 부릴 수는 없다. 지금의 나이이기에 할 수 있는 것들에 최선을 다해야 한다. 그런 변화에 적응하고 멋진 삼십 대를 보내기 위해 고민해야 한다.

결론은 이렇다. 삼십 대 중반인 지금을 사랑하고 싶다는 것이다. 십 대를 그리워하고 싶지도 않고 이십대로 돌아가고 싶지도 않다. 사십 대를 기다리고 싶지도 않고 오십 대를 꿈꾸고 싶지도 않다. 그저 삼십 대 중반인 지금. 결혼을 앞두고 있는 지금. 나의 글세계가 커져가는 지금 이 시간을 사랑하고 싶다. 이런 내 서른네 살에 최선을 다할 때 더 나답고 더 행복한 인생의 주인공이 되지 않을까 싶다.

맨살로 뛰어다니는 학생들을 보며 미소를 지었다. 지금 나도 그러고 싶냐 물으면, 그건 아니다. 그게 부럽지도 않고 그럴 수 없음이 슬프지도 않다. 그게 내 나이이고 그게 나의 지금이다. 나의 서른네 살을 사랑하고 싶다.

# 이삿집 풍경

오지 않음으로 기다림을 알게 해준 당신

봄이면 꽃이 피는 이유가 다 있는 것이다

– 오민석, 「먼 행성」 중에서

─────── 지금 집에서 4년을 살았다. 서울주택도시공사에서 빌려주는 임대 아파트다. 9평 원룸이지만 베란다도 있어 혼자 살기는 충분했다. 아침저녁으로는 천왕산의 풀벌레 소리가 들리는 곳이다. 아파트 앞에는 서울 최초의 수목원이라는 '푸른 수목원'이 있는 숲세권의 아파트고, 출퇴근이 한 시간씩 걸리긴 했지

만 도심에서 떨어진 이곳의 정서가 좋았다. 하지만 이제는 이사를 가게 되었다. 결혼을 앞두고 신혼집을 구했기 때문이다.

사회에 나오니 집의 위치로 나를 판단하는 사람들이 있다. 사는 곳의 집값으로 나의 인생을 재단한다. '압구정'이나 '잠실'에 산다고 했으면 눈을 동그랗게 떴을 그들은 내가 '구로'의 끝자락에 산다고 하면 말을 줄인다. 중고등학교 때는 시험 성적이 인생의 서열이었고 대학생 때는 학교의 서열이 인생의 성적이었다. 이제는 사는 곳의 집값이 삶의 순위가 되었다. 피곤한 세상이다.

그런 시선은 감기처럼 옮는다. 그걸 몇 번 느끼다 보니 나도 누군가를 그런 식으로 판단할 때가 있다. 그게 좋아서 그러는 건 아니지만 한번 생긴 편견의 시선이 나에게도 자리를 잡았다. 나쁜 건 빨리 배우는 게 사람이다. 외모나 인상, 출신 대학이나 옷의 가격으로 선입견을 가지듯, 이제는 사는 위치가 그런 기준이 되었다. 그러지 말자는 게 내가 가진 이성의 노력이지만 편견과 선입견이 생기는 게 본능이다. 세상의 많은 사람들도 그런다.

누가 뭐라 하든, 지금 집을 좋아했다. 임대료와 관리비를 합쳐서 20만 원의 돈으로 살았고 신축 아파트라 내 집같이 여겼다. 시설도 깔끔했고 주변의 자연환경도 퇴근 후의 지친 마음을 위로하기 좋았다. 서울치고는 공기가 맑았고 매캐한 냄새도 없었다. 수목원에서 달리기를 하면 호수에 비치는 하얀 달빛에 마음이 편해졌다.

이 집 청약에 당첨됐을 때, 할머니가 많이 기뻐했다. 손자 자취하는 데 도와주지 못한다며 미안해하던 할머니였다. 그런 할머니에게, 할머니 덕에 잘 컸다고, 그러니 괜찮다고 대답했던 기억이 있다. 합정역 횡단보도 앞에서 상기된 목소리로 그런 통화를 했다. 글쓰기를 처음 시작한 집이기도 하다. 직접 조립한 나무 책상에 앉아 무턱대고 글쓰기를 시작했다. 처음 쓴 글이 너무 별로여서 놀라기도 했다. '귀가 작아 슬픈 동물'이라는 제목이었는데 재미도 없고 감동도 없는 글이었다. 언젠가 하루는 싱크대를 붙잡고 바닥에 눈물이 고이게 울었던 적도 있다. 2019년이었나, 사는 게 많이 고단했던 해였다. 첫 책의 출간 계약을 한 것도 이 집에 살 때였고, 지금의 아내를 만난 것도 여기에 살 때였다. 서른에서 서른셋까지, 사 년 간의 추억이 담긴 집이다.

임대주택은 계약이 끝나면 집을 모두 비워야 했다. 개인 거래였으면 에어컨이나 세탁기를 다음 세입자에게 양도할 수 있지만 이집은 그럴 수가 없었다. 중고매매 어플을 깔아 필요 없는 물건들을 정리했다. 냉장고와 세탁기를 팔았고, 전자레인지도 팔았다. 안 쓰던 시계도 팔았고, 턱걸이용 운동기구도 팔았다. 안 팔리는물건은 공짜로 내놨다. '나눔'이라는 건데 공짜로 받겠다면서 약속을 어기는 사람들 때문에 짜증이 나기도 했다. 무료라서 약속을더 쉽게 여기는 상황이었다. 그게 사람이지, 라고 생각하면 이해가 되기도 했다. 하루는 티브이 선반을 2만 원에 내놨는데 사겠다는 사람이 있었다. 아파트 앞에서 만났는데 그을린 피부에 깡마르고 입가에 주름이 자글한 아저씨였다. 2만 원짜리 티브이 선반을살 만하게 생겼네, 라는 생각이 스쳤는데 그분은 밝게 웃으며 이걸 어떻게 2만 원에 사냐고 5천 원을 더 주셨다. 외모만 보고 사람을 업신여긴 게 부끄러웠다. 행색은 몰라도 마음은 내가 더 가난했다.

횅한 집을 보니 마음이 이상했다. 물건들의 빈자리에서 여운이 느껴졌다. 빈손으로 와서 빈손으로 가는 게 인생인데, 그걸 이미지로 보여주는 것 같았다. 드라마 속 주인공처럼 나는 제자리에 서 있는데 시간과 공간이 내 옆을 흘러가는 것 같았다. 마음을 준 것들도 언젠가는 떠나는구나 싶었다. 사라진 것들의 여운을 느꼈다.

내 삶은 큰 변화를 앞두고 있다. 나이는 삼십 대 중반이고 결혼을 했다. 실수가 많아도 괜찮던 이십 대는 지났고 점점 더 어깨가 무거워진다. 몇 년 뒤면 아이를 낳아야 할지도 모른다. 그때가 되면 포기해야 할 것들이 늘어날 것이다. 글 쓰는 시간도 줄고, 노는 시간도 줄고, 운동하는 시간도 줄이고, 혼자만의 시간이 없을지도 모른다. 가정을 가졌기에 회사에서 불합리한 일을 당해도 참아야 할 수도 있다.

이번 이사는 단순한 이동이 아니라 삶의 변화를 보여주는 상징일 수도 있다. 청년에서 어른으로, 자유에서 책임으로, 혼자에서 부부로, 그런 의미를 담고 있을 수 있다. 그런 변화 속에 더 행복할 수 있을까? 모르겠다. 미래에 대한 생각은 두 가지 맛이 섞인 막대 사탕처럼 희망과 불안이 섞여 있다. 이번에도 그렇다.

분명한 건 '중요한' 시기라는 것이다. 과거에 대한 마무리를 잘 해야 시작도 잘할 수 있다. 지금 이 집을 잘 보내야 새로운 집에서 행복할 수 있다. 그동안 잘 살았다, 집아. 서운한 것도 있지만 그 래도 행복했다. 고마웠던 집아, 이제는 안녕.

# 잊혀진 시간의 시인

우리가 해야 할 것은 오직 하나이다.
살아 있는 동안, 지금 바로 여기에서,
삶의 기쁨을 누리는 것이다.

– 유시민, 『어떻게 살 것인가』 중에서

──────── 외근을 혼자서 처음 나가는 날이었다. 운전이 서
툴러 주차장에서 차를 빼는 데 삼십 분이 걸렸다. 그날의 기억이
생생한 이유는 날씨가 정말 좋았기 때문이다. 맑은 가을이었고 높
고 푸른 하늘에 하얀 구름이 걸려 있었다. 외근지는 경기도 광주
에 있는 공장이었다. 국도 주변의 빨갛고 노란 단풍이 가을 햇살

에 반짝였다. 이런 날 외근을 갈 수 있다면 괜찮은 직업이 아닌가, 싶었다. 고객을 만나느라 긴장도 됐지만 가을빛으로 세상은 아름다웠고 그 덕에 들뜬 기분으로 외근을 다녀올 수 있었다. 하지만 그날, 인생은 한 치 앞도 모를 때가 있는데, 당시에 만나고 있던 여자 친구와 헤어졌다. 그날의 기억이 생생한 마지막 이유다.

그 후로 5년이 지났다. 며칠 전에도 외근이 있어 차량 일지에 목적지와 출발 시간을 적는데 문득 처음 외근을 나갔던 5년이 떠올랐다. 그게 벌써 5년이 됐구나 하며, 시간이 점프한 듯한 기분이 들었다. 중간의 시간이 텅 비어 보였다. 시간은 참 빠르다. 시간이 빠르다고 느끼는 건 기억의 한계 때문인데, 방금 읽고도 잊어버리는 책의 내용처럼 어떤 일들은 금세 기억에서 사라진다. 5년의 매일을 살았지만 그 순간 내 머릿속엔 5년 전의 그날 하루밖에 없었고, 그래서 시간 이동을 한 것 같은 기분이 들었던 것이다.

회사에 입사하고도 마음이 어수선했다. 조직생활이 힘든 것도 아니고 못된 상사를 만난 것도 아니었다. 회사생활을 '계속해야 하나'에 대한 고민이 계속됐다. 생계를 위해 취직은 했지만 이게 내 길이 맞나, 하는 생각이 많았다. 사실 신입사원에게 필요한 건 열정이다. 지식도 없고 경험도 없는 신입사원에게는 대학 입학 환영회에서 큰 소리로 자기소개를 하는 신입생과 같은 패기가 필요하다. 하지만 나에게는 그런 게 없었고 회사의 팀장님은(지금은 바뀌셨지만) 그런 내 태도를 눈치 채고 계셨다.

문과생이었던 내가 제조업 회사의 기술팀에 입사했으니 일도 어려웠다. 팀원들은 모두 공대생이었고 회사 안의 언어들도 어려웠다. 팀에서 주관하는 회의가 있는데 연구소와 공장이 모두 참여하는 자리였다. 그들이 나누는 대화를 하나도 이해하지 못했다. 한국말을 하는데도 이해가 안 됐다. 모르는 용어로만 대화를 했고 논리의 흐름도 어려웠다. 수능이나 토익에 나오는 영어 듣기 시험처럼 음성은 들려도 그게 뭔지 모르는 상황이었다. 모국어인 한국어를 쓰는데도 그랬다.

그로부터 5년이 지난 지금은 마음을 잡고 회사생활을 열심히 하고 있다. 적어도 근무하는 시간에는 최선을 다한다. 야근은 하기 싫지만 회사에 있는 오전 여덟 시 반부터 오후 다섯 시 반까지는

2. 돌아보니 그 삶은 아름다웠다

집중해서 일을 한다. 그건 9시간씩 5일을 보내야 하는 회사에서의 시간, 그 하루하루가 소중하기 때문이다. 예전에는 그 시간을 꿈 (이 뭔지도 모르면서)을 위해 쓰고 싶었지만 이제는 지금 있는 곳에서 최선을 다한다. 그게 더 바람직한 행동이라고 생각한다. 생활은 습관이 되고 그게 모여 인생이 된다. 회사 일을 대충 하면 인생도 결국은 대충 사는 인생이 된다. 생각이 바뀐 덕분에 5년이 지난 지금은 회사에서도 인정을 받고 있다. 앞서 말한 회의에서도 내 주장을 펼칠 수 있다.

생각해 보면 입사 초의 수동적인 태도는 결국 '용기 없음'과 '나태함'의 결과였다. 정말 글을 쓰고 싶었으면 당장 노트북을 켜서 글을 썼으면 되는데 당시에는 그조차도 하지 않았고 그걸 변명으로 회사를 대충 다녔다. 2년 차가 됐을 때 글쓰기를 시작했고 역설적으로 그때부터는 회사생활도 열심히 하고 있다. 글쓰기를 시작해서 회사 일에 소홀한 게 아니라 오히려 회사생활에도 열정이 생겼다. 회사를 다닌다고 글을 못 쓰는 건 변명이었다. 글쓰기를 하고 싶었으면 그냥 하면 되는 것이었다. 주말이든 퇴근 후든 '그냥' 쓰면 되는 것이었다.

시간 이동을 경험한 차량 일지, 그 앞에서 깨달은 건 결국 하루하루 최선을 다해야 한다는 것이다. 꿈을 핑계 삼던 신입사원이 마음을 달리하니 많은 게 달라졌다. 미숙하던 운전은 일상이 되었고 어렵던 업무에도 적응을 마쳤다. 동물원의 늙은 원숭이처럼 흐리멍덩한 눈으로 꿈만 바라보던 작가 지망생은 어느새 100편이 넘는 글을 썼고 그걸 모아 두 번째 책을 준비하고 있다. 열심히 보낸 하루하루에 시간의 부피가 더해졌기 때문이다.

사람들이 현재를 게을리하는 건 당장의 노력으로는 성과가 없기 때문이다. 오늘 열심히 산다고 부자가 되는 것도 아니고 오늘 야근을 한다고 회사에서 인정을 받는 것도 아니다. 티브이만 보는 하루를 보내나 1분 1초를 아껴 쓰는 하루를 보내나 당장의 인생에는 별다른 변화가 없다. 그런 이유로 누군가는 열심히 해서 뭐 하냐며 자신의 삶을 자조하고 스스로의 인생을 방기한다.

하지만 변화와 성장을 바란다면 조금 더 느긋해야 한다. 빠른 변화를 바라는 게 아니라 남의 군 생활을 기다리는 듯 여유로운 자세로 기다려야 한다. 성과에는 관심을 끄고 하루하루에 최선을 다하다 보면 어느새 성장한 자신을 만날 수 있다. 전역하는 날이 온다고 믿듯 성장의 순간도 온다고 믿고 현재에 최선을 다해야 한다. 운동회 날 찾아오는 소나기처럼 갑작스러운 불행으로 인생이 힘들 때도 많다는 걸 안다. 하지만 그걸 이겨낼 수 있는 힘, 역경을 극복하는 힘도 결국은 일상의 체력에서 온다.

소중한 건 현재다. 행복했던 과거도 아니고 희망찬 미래도 아니다. 오늘을 살아가는 이 시간과 이 감각이 소중하다. 하릴없이 흐르는 시간 속에 나의 의미를 남기고 싶다. 어느새 회의 시간이 익숙해졌듯, 어느새 한 권의 책을 냈듯, 그렇게 내게 남는 것들에 감사하고 싶다. 나는 오늘을 산다.

# 3

# 흘러가는 시간 속에
## 사랑 남기기

# 성공 없는 사회

도덕적 렌즈로 보면
높고 강한 사람은 작아지며,
잊혀져 뒤로 물러나 있던 인물이
오히려 크게 보일 수 있다.

– 알랭 드 보통, 『불안』 중에서

─────── 세상에는 성공의 이야기가 많다. 집에서 소를 훔
치고 고향을 떠나 대기업을 일군 정주영 회장의 이야기, 평발로도
최고의 축구선수가 된 박지성 선수의 이야기, 환풍기 수리공을 하
다가도 노래의 꿈을 잊지 않았던 가수 허각의 이야기, 이처럼 성
공한 사람들의 서사가 많다. 그들의 이야기는 미디어로 알려지는

데 내용은 달라도 결론은 비슷하다. 지치지 않는 노력, 불굴의 의지, 역경에 대한 극복, 그런 것들이다. 최근에는 '리그 오브 레전드'라는 게임대회에서 우승 확률이 꼴찌였던 선수가 우승하면서 그의 인터뷰가 화제였다. 그는 "중요한 건 꺾이지 않는 마음"이라고 했고 그 말은 '중꺾마'라는 줄임말로 유행했다.

나도 이런 성공 스토리를 좋아한다. 내 인생에도 한 번쯤 자랑하고 싶은 성공 이야기가 있다. 대학교 ROTC에서 대대장 후보생이 되었던 기억이나, 어좁이(어깨가 좁은 사람)를 벗어나려고 열심히 운동한 노력이나, 독학 삼수로 명문대에 갔다는 이야기 등, 몇 가지의 성공 서사가 있다. 그게 나에게 소중한 건 '노력하면 할 수 있다.'라는 자신감을 준 경험들이기 때문이다. 그걸 믿고 지금도 좋은 작가가 되려고 노력하고 있고 나아가 이런 노력이 언젠가 혼자만의 은밀한 성공이 아니라 내로라하는 더 큰 성공이 되기를 바란다. 그런 내 취향을 반영해서 알고리즘이 작동하는 SNS에는 성공에 대한 영상이 자주 나오는데, 내용들이 대부분이 비슷하다. 노력하면 성공한다고, 이 악물고 노력해 봤냐고, 힘들어도 참고 버티면 성공한다는, 그런 이야기다. 그러니 너도 할 수 있어, 열심히 살아야 해, 최선을 다해, 라고들 한다.

한편으로는 이런 의문이 든다. 성공의 비결이 그렇게 간단한 거라면 왜 누군가는 성공하고 누군가는 그러지 못할까, 라는 것이다. 노력이 전부면 왜 누군가는 돈도 많이 벌고 유명세에 으스대는데 왜 누군가는 외출이 두려워 집에서 티브이와 인터넷에 의존해 밖에도 나오지 못할까, 라는 의문이다. 세상에 널린 성공의 교과서가 왜 누군가에게는 정답이고 왜 누군가에게는 정답이 되지 못할까.

최근에 읽었던 책 중에 가장 인상 깊었던 책은 '장혜영' 작가의 『어른이 되면』이다. 에세이이며, 내용은 저자 장혜영 씨가 중증 발달 장애인인 친동생 '혜정'과 같이 사는 내용이다. 혜정은 열세 살부터 18년 동안 장애인 보호 시설에서 생활했지만 언니가 그녀를 사회에 데리고 나왔다. 혜영은 평범했던 일상을 포기하고 동생과 함께 살기로 결정했다. 책에는 혜영이 혜정과 같이 살며 느끼는 여러 감정들, 장애인에 대한 사회적 차별에 대한 인식, 사회복지 서비스의 구조적인 문제 등이 나온다.

책이 좋았던 이유는 두 가지다. 첫째는 저자인 장혜영의 인간적인 마음이었고, 둘째는 내 안에 새로운 세상이 생겨났기 때문이다. 저자의 인간적인 마음이란 이런 것이다. 혜영의 결정은 멋지고 가치로운 일이지만 그녀는 그것을 과대 포장하지 않는다. 동생과 함께하는 게 너무 힘들고 때로는 짜증도 난다는 것이다. 의로운 사람은 의로운 생각만 할 것 같지만 사실은 그렇지가 않다. 늘 방황하고 늘 고민하는 게 인간이다. 혜영은 내면의 갈등을 가감 없이 드러내어 그녀의 이야기에 힘을 더했다. 그럼에도 동생과 함께하려는 마음, 그걸 단순히 사랑이라고 할 수 있을지는 모르겠지만 그럼에도 그렇게 하고 싶다는, 그렇게 해야 한다는 혜영의 진심이 느껴진다.

부모의 손을 떠나 시설에 갇혀 사는 장애인들이 있다. 나쁘게 말하면 부모에게도 버림을 받은 것이다. 생각해 보면 내가 사회에서 보는 사람들, 회사에서, 거리에서, 또는 식당이나 카페에서, 그런 곳에서 보는 사람들은 대개 장애가 없다. 그중에는 노인도 별로 없고 아픈 사람도 없다. 일상에서 마주하는 사람들은 대부분이 '젊고 건강한' 일반인들이다. 사회의 이곳저곳에는 장애가 있는 사람들, 아픈 사람들, 늙어 거동이 불편한 사람들이 살고 있는데 그런 사람들은 눈에 잘 띄지 않는다.

장애인을 마주했던 적은 성인이 되기 전이 전부였다. 초등학교 때는 특별학급이 있어 그런 친구들을 마주쳤고, 중고등학교 때는 봉사활동으로 시설 학교에 가봤던 기억이 있다. 대학생이 되고 사회에 나와서는 대중교통에서 마주치는 게 전부다. 21년도 통계에 따르면 지적장애와 자폐성 장애를 가진 발달 장애인은 인구의 0.5%라고 하는데 5,000만 명 인구를 계산하면 25만 명이 된다. 그들은 어디에서 살고 있을까, 에 대해서는 한 번도 생각해 본 적이 없었다. 이 책을 보았을 때의 충격은 그 때문이었다. 한 번도 생각해 본 적 없는 것, 하지만 사회에는 늘 있어왔던 것, 그 차이에서 오는 괴리감에 화들짝 놀랐다.

누구나 노력하면 성공한다는 주장이 불편한 건 삶의 너무 일부만을 보여주기 때문이다. 성공의 잣대로는 재단할 수 없는 삶도 세상에는 많다. 다양한 사람들이 살아가는 세상에서 노력이라는 가치가 반드시 지상의 규율이 될 수는 없다. 우리가 이야기하는 성공의 모습은 너무도 획일적이고 너무도 일률적이다. 돈을 제일 잘 벌고, 축구를 제일 잘하고, 가장 높은 관료가 되는 것만이 성공이라는 건 불편하다. 그게 희망과 용기를 주는 일이어도 마찬가지다.

이런 사람이 있다고 하자. 알코올 중독에 가정폭력을 일삼던 아버지 때문에 어려서는 제대로 된 학창 시절을 보내지 못했다. 성인이 되자 비로소 꿈이 생겼다. 안락한 가정을 만드는 일이다. 사랑하는 여자를 만나 예쁜 딸을 낳고 그들과 함께 따뜻한 저녁 식사를 하는 것, 그게 그의 꿈이었다. 회사에서 구박을 받고 적은 월급을 받아도, 자신의 가정, 그 작고 따뜻한 울타리를 지킬 수만 있다면 더 이상 바랄 게 없다. 가정에 충실한 그의 인생은 실패한 걸까, 그에게 왜 꿈을 더 크게 꾸지 않냐고 질책할 수 있을까. 그건 아니다.

삶에는 운도 많이 개입한다. 타고나길 건물주인 사람과 가난해서 라면 하나로 하루를 버티는 사람. 천성이 성실한 사람과 애초에 게으른 사람. 가정폭력을 당하며 자란 사람과 사랑이 넘치는 가정에서 자란 사람. 선천적으로 몸이 아픈 사람과 그렇지 않은 사람. 장애가 있는 사람과 장애가 없는 사람. 타고난 운과, 물려받은 기질과, 살아가는 환경의 수많은 조합으로 사람들은 살아간다. 그런 다양한 사람들이 모여 사는 사회에서 오로지 노력과 성공이라는 잣대로 누군가의 삶을 평가하는 건 불가능하다.

몇몇 사람들의 성공 서사는 우리에게 희망을 준다. 지독한 가난에도, 가정 폭력의 비극에도, 너는 안 된다는 멸시와 조롱에도, 내로라하는 인생을 살 수 있다는 희망을 준다. 라면 하나에 소금을 넣어가며 하루를 버텼다는 트로트 가수 장윤정의 이야기처럼 성공의 상징이 된 사람에게도 힘든 시절이 있었다는 건 그 자체로 위안이다. 하지만 성공은 인생의 손님이지 주인이 아니다. 노력해서 성공하는 건 우리에게 희망을 주지만 그게 인생의 전부는 아니다. 성공의 서사보다 우리에게 필요한 건 너의 삶을 사랑하라는 따뜻한 전언이다. 지금의 자신을 사랑하라는 진실된 위로다. 모든 인생의 이야기는 거기에서 출발해야 한다.

아침마다 회사 화장실을 반짝반짝 닦아주는 아주머니의 삶, 새벽 4시에 첫차를 타는 그녀의 삶도 아름답다. 승객 모두에게 친절한 인사를 건네는 버스 기사, 노인이 탈 때는 따뜻한 목소리로 자리를 안내하고 승객이 내릴 때는 친절하게 하루를 응원하는, 그런 그의 삶도 아름답다. 사회에서 보통의 삶이라고 하는 누군가의 인생도 그 자체로 아름답다. 그걸 그저 평범한 인생이라고 폄하할 수는 없다.

그러면서도 나 역시 성공을 꿈꾸고 있다. 그게 내 마음이고 거기에는 '누구보다 더'라는 욕망이 있다. 하지만 그게 전부는 아니라고 마음을 당기고 있다. 핏줄 돋은 팔뚝으로 줄다리기의 줄을 당기듯 마음을 다잡으려 노력하고 있다.

나 또한 지금 그대로의 내 삶을 사랑하고 싶다. 내 생에 깃든 행운에 감사하고, 어쩔 수 없는 내 삶의 비극에 대해선 그 또한 나의 일부임을 인정하고 싶다. 생이 주는 진한 향기로 내 영혼은 깊어지고 있다고, 그 길에 더 큰 행복이 있으면 좋겠지만 혹시 모를 비극이 찾아온대도 그런 내 삶을 사랑하고 싶다.

# 신촌에 버스킹이 내리면

나는 왜 이 길에 서 있나
이게 정말 나의 길인가
이 길의 끝에서 내 꿈은 이뤄질까


– god, 〈길〉 중에서


———— 마음이 편해지는 공간이 있다. 축구장 잔디 위가
그렇고 아파트 앞 수목원이 그렇다. 오래전이긴 하지만 수능 재수
를 했던 도서관이 그렇다. 서울의 여러 번화가 중 마음이 편해지
는 거리를 꼽자면 신촌역에서 연세대 정문으로 이어지는 길이 그
렇다. 현대백화점 U-Plex 앞의 빨간 거울로 대표되는 거리, 그 거

리를 좋아한다.

편하다는 것은 함께 있어도 어색하지 않고 마음이 간다는 것이다. 괜히 연락하고 싶은 친구가 있듯 장소도 괜히 가고 싶은 장소가 있다. 가면 마음이 좋고 가지 않으면 가끔씩 생각나는 곳. 신촌과 인연이 좀 있는지 회사도 신촌에서 10분 거리에 있는 곳에 입사하게 되었다. 그래서 퇴근하고도 종종 신촌을 찾는다. 약속 없이 혼자서도 신촌에 간다.

글쓰기를 시작하고서는 신촌에 더 많이 간다. 퇴근하고 집에 가서 글을 쓰자니 마냥 침대에 눕고만 싶어 그럴 바에야 차라리 카페에 가는 것이다. 월요병이 심한 월요일을 제외하면, 평일에도 하루 이틀은 신촌에 들러 글을 쓴다.

"신청 곡 있나요?"

"서른 즈음에~"

어느 금요일 밤이었다. 그날도 신촌에서 글을 쓰고 있었다. 집에 가려고 나왔는데 배도 고프고 불타는 금요일이라 그냥 집에 가기는 아쉬웠다. 햄버거를 하나 사서 버스킹 공연이 있는 곳으로 갔다.

가수는 통기타를 매고 마이크를 잡고 있었는데 앞에 놓여 있는 기타 가방에는 공연료로 지폐 몇 장이 있었다. 천 원 몇 장과 오천 원 몇 장. 관객으로는 데이트하는 커플과 대학교 점퍼를 입은 학생들이 있었다. 마른안주에 맥주를 마시는 아저씨들이 세 명 보였다. 가수가 신청곡을 물으니 한 아저씨가 김광석의 〈서른 즈음에〉를 말했다. 가수는 흔쾌히 알겠다고 했고, 노래를 시작했다. 초여름의 밤공기와 신촌 밤거리의 감성이 좋았다. 가수의 편한 음색이 거리를 울렸다. 그 조화가 좋아 조금 더 머무르고 싶었다.

원래도 버스킹을 좋아하지만 요새는 부쩍 더 그렇다. 노래를 하는 그들과 글을 쓰는 내가 비슷하기 때문이다. 수단은 다르지만 '표현하는 사람'이라는 점, 그리고 '시작하는 사람'이라는 점이 닮았다. 그래서 그들을 보면 응원을 해주고 싶다. 잘됐으면 좋겠다고, 힘내라고 말이다.

## 작은 것들을 위한 시
### 완벽하지 않은 것들에 대한 사랑

이런 문구가 머리를 맴돈다. 가수를 응원하는 마음은 사실 나에 대한 응원일지도 모른다.

JTBC의 예능인 〈비긴어게인〉은 유명 가수들이 거리에서 버스킹을 하는 프로그램이다. 처음은 해외에서 시작했으나 코로나의 영향으로 지금은 한국에서 공연한다. 최근 방송에서는 공연 중에 가수 크러쉬가 눈물을 흘렸다. 동료들이 부르는 god의 〈길〉을 듣고 울었다.

크러쉬는 성공한 가수다. 음악성과 대중성을 모두 인정받았다. 하지만 그는 울었고, 인터뷰에서는 자기가 잘하고 있는지 의문이라고 했다. 8년간 앞만 보고 달렸지만 자기가 어떤 길을 가고 있는지, 제대로 가고 있는지 모르겠다고 했다.

울고 있는 그를 보며 우리에게는 때때로 울 수 있는 시간이 필요하다는 생각이 들었다. 용기도 좋고, 긍정하는 마음도 좋지만 무조건적인 긍정과 무조건적인 희망만이 중요한 게 아니라는 것이다. 때때로 찾아오는 어두운 감정들을 직면할 수 있어야 한다. 좌절하고 방황하는 것도 삶의 일부고 지치고 힘든 마음도 삶의 일부다. 희망과 방황하는 길에서, 정답이 없는 삶에서, 때로는 잠시 멈춰 울 수 있는 시간이 필요하다.

신촌의 가수도 울고, 크러쉬도 운다.
나도 울고, 너도 운다.

퇴근길 한 소절의 노래에 눈시울이 붉어지면 그냥 울었으면 좋겠다. 눈물이 콧물이 되도록, 콧물이 눈물이 되도록, 울었으면 좋겠다. 애써 웃고, 애써 용기내고, 애써 희망을 말하지 말고 말이다.

인생에는 정답이 없다. 성공했다고 행복하기만 할 수도 없고 무명 가수라고 희망이 없는 것도 아니다. 정답 없는 삶을 방황하며 사는 것, 그게 인생이다. 어느 무명 가수의 버스킹에 지친 하루를 위로받는 요즘이다. 그들의 용기처럼, 그들의 노래처럼, 내가 쓰는 한 줄의 문장도 누군가를 울릴 수 있었으면 좋겠다.

오늘도 한 줄의 문장을 쓴다.

# 청소의 미학

행복의 비결은 필요한 것을 얼마나 갖고 있는가가 아니라
필요한 것에서 얼마나 자유로워져 있는가에 있다.

－ 류시화, 『법정 잠언집』 중에서

─────── 어렸을 때 내 방은 지저분했다. 청소를 거의 하
지 않았고 정리정돈도 별로 안 했다. 많이 어질러 이제는 치워야
하겠다 싶으면 그때 한 번씩 정리를 했다. 청소를 하지 않으면 바
닥에는 머리카락이 쌓이는데, 그게 봄날의 민들레 씨처럼 많다는
것은 대학생이 되고서야 알았다. 그걸 알았을 때가 스무 살이 넘

은 나이였다는 것은 스스로에게도 놀랄 일이었다. 그만큼 청소에 대한 개념이 없었다. 그렇다고 내 방이 정말 더러웠냐면, 그건 아니다. 나는 게을렀지만 엄마가 내 방을 정리해 주셨다.

엄마는 회사에 다니면서도 집안일을 혼자 했다. 네가 먹은 건 네가 치워라, 네 방은 네가 청소해라, 같은 말은 하지 않았다. 가끔 음식물 쓰레기를 버리거나 분리수거를 하는 걸 도와 달라고 한 적은 있지만 자주도 아니었다. 평소에는 모든 집안일을 엄마 혼자서 했다. 왜 그랬는지 물어본 적은 없지만 그 이유를 추정해 볼 수는 있다. 자식들에게 힘든 일을 시키기 싫었을 수도 있고, 아니면 집안일 말고 공부를 열심히 하라는 지원이었을 수도 있다. 좀 더 근본적으로 내가 아는 엄마는 자기가 해야 하는 일은 '반드시' 자기가 하는 사람이었다. 다른 사람에게 시키거나 요령을 피우는 분이 아니다. 엄마는 자신의 의무 안에 '집안일'을 넣어두고 그 역시 본인 몫이라고 생각했던 것 같다. 한편으로는 감사하고 한편으로는 죄송하다. 조금 더 편하게, 조금 더 게으른 엄마로 살았으면 보다 더 행복하지 않았을까, 싶은 생각이 든다.

세상의 모든 엄마들이 그런 건 아니다. '엄마'라는 이름, '모성애'에 대해 미화된 이미지가 세상에는 많다. 흔히 아는 '모성애'를 가진 따뜻한 엄마들도 세상에는 많지만 그렇지 않은 엄마들도 세상에는 많다. 신문의 뉴스 면을 조금만 찾아보면 엄마들이 저지르는 폭력도 많다. 갓난아이를 버리거나 세탁실에서 아이를 폭행한다, 는 등의 '엄마의 폭력'도 세상에는 많다. 부지런한 엄마가 있으면 게으른 엄마도 있고 자상하고 따뜻한 엄마가 있으면 냉정하고 이기적인 엄마도 존재한다.

청소에 대한 이야기로 다시 돌아와, 어려서 내가 자란 할머니네는 항상 깨끗했다. 바닥에는 먼지 하나 없었고 물건들은 늘 제자리였다. 할머니는 지저분한 걸 참지 못했다. 바닥에 뭔가가 있으면 바로 그걸 정리했다. 어려서는 '할머니네 집은 깨끗하다'라는 걸 하나의 '사실'로만 생각했지만 이제 보니 집을 그렇게 할 수 있는 건 할머니의 '능력'이었다. 부지런하고 성실해야 할 수 있는 일이었다. 할머니는 자식 넷에 손주 셋을 업어 키웠지만 항상 웃음을 잃지 않았다. 그런 천성은 타고난 인품이고 그녀가 나와 같은 시대에 태어났다면 그 능력을 어떻게 발휘했을까, 궁금하기도 하다. 요즘 사람들처럼 조금 더 자기만의 가치를 실현하며 살았다면 어땠을까 싶은 것이다. 그만큼 할머니의 집은 깨끗했고 그만큼 그녀는 부지런했다.

부지런한 할머니와 책임감 강한 엄마 밑에서 나는 편하게 자랐다. 그런 내가 청소와 정리정돈에 대해 배운 건 군대에서다. 군대에서는 전시를 대비해 모든 것을 제자리에 두어야 한다. 관물대에는 방탄과 군장, 요대와 전투복 등이 자기만의 자리가 있다. 전기기사의 연장 벨트에 도구마다의 자리가 따로 있듯, 생활관에서 쓰는 관물대에도 장구류마다의 자리가 정해져 있다. 속옷도 마찬가지인데 보관하는 위치뿐 아니라 그걸 개는 방법도 정해져 있다. 처음 훈련소에 입소해서는 정리정돈으로 혼날 때가 많았다. 물건의 모양새가 흐트러져 있거나 생활관 바닥이 지저분하면 얼차려를 받았다. 내가 잘못해서 혼나기도 했지만 옆의 동기가 잘못해서 혼나기도 했다. 그렇게 20대가 넘어 고함과 얼차려를 통해 청소를 배웠다.

군대에서 배운 정리정돈 능력과 청소의 습관은 자취를 하며 능력을 꽃피웠다. 자취를 시작하고 처음에는 매일 청소를 했다. 퇴근 후에 할 일이 없어 남는 힘을 청소에 썼다. 바닥에 머리카락 하나 없었다. 침대에 앉아 깨끗해진 집을 보면 기분이 좋았다(청소도 에너지를 쓰는 일이라 글쓰기를 시작하고는 집이 엉망이 된 적도 많다). 어느 날 무릎을 꿇고 걸레질을 하는데 피는 못 속인다는 생각이 들었다. 집을 깨끗하게 치우던 할머니와 회사를 다니면서도 집안일을 혼자 하던 엄마, 그 두 분이 떠올랐다. 그들과 내 모습이 겹쳐 보였고 내 안에는 두 분의 피가 흐른다는 걸 실감했다.

청소에서 가장 중요한 건 '잘 버리는 일'이다. 불필요한 물건에는 미련을 두지 말아야 한다. 집에는 필요 없는 물건들이 생각보다 많다. 핸드폰을 바꿀 때마다 모아둔 핸드폰 부속품이 서랍에 가득하다. 쇼핑백도 많고 쓰지도 않는 노트도 많다. 새 거니까, 쓸데가 있어 보이니까 남겨 뒀지만 결국에는 버려야 한다. 그런 물건들은 침대 밑에 먼지가 쌓이듯 알게 모르게 늘어난다. 그러다 보면 청소는 더 어려워지고, 집은 더 무거워진다. 무거워진 집에서는 왠지 몸도 무거운 느낌이다. 필요 없는 걸 버리지 못했던 마음, 그 순간순간의 욕심은 부질없다는 걸(물론 결과론적인 이야기지만) 알아야 한다.

물건에만 해당하는 얘기가 아니다. 욕망하는 모든 것들도 마찬가지다. 모두에게 잘 보이고 싶은 마음이나 모든 걸 잘하고 싶은 욕심, 언제나 행복하고 싶은 욕망은 버려야 한다. 사람들은 자신들의 인생이 '늘' 행복해야 한다고 생각하지만 그건 불가능하다. 사실 살면서 필요한 건 '몇 안 되는' 것들이다. 몇 안 되는 소중한 가족과 몇 안 되는 친한 친구, 몇 안 되는 절실한 목표, 그런 게 중요하다. 모든 걸 가질 수는 없고 모든 걸 잘할 수도 없다. 유한한 삶에서 주어진 시간과 타고난 능력에는 한계가 있다. 나에게 소중한 게 무엇인지 알고 그것들에 에너지를 집중할 수 있어야 한다. 그걸 위한 첫 번째는 불필요한 게 무엇인지를 아는 것이다.

무소유를 주장하고 싶은 건 아니다. 나는 욕심이 별로 없어, 돈은 그다지 중요하지 않아, 와 같은 말을 하고 싶은 게 아니다. 그런 말은 대개가 거짓이고 나 역시 욕심이 많다. 다만 조금 더 '분명히' 하자는 것이다. 필요한 것과 불필요한 것을 구분하는 지혜, 그런 현명함을 가지고 싶다.

걸레질을 하며 바닥에 묻은 먼지와 검게 붙은 머리카락을 닦는다. 잘 닦이지 않는 부분은 검지손가락에 힘을 주고 문지른다. 늘 부지런했던 할머니를 생각한다. 집안일을 혼자 했던 엄마를 생각한다. 그리고 내 삶의 무게를 생각한다. 나에게 중요한 건 뭘까. 내가 버려야 할 것은 어떤 것일까. 인생을 조금 더 가볍게 살고 싶다. 인생이라는 마라톤을 조금 더 가뿐히 뛰고 싶다. 불필요한 살은 걷어내고, 조금 더 가볍게, 뛰고 싶다.

# 어른이 된 이유

울지 마라, 외로우니까 사람이다,
살아간다는 것은 외로움을 견디는 일이다

― 정호승, 「수선화에게」 중에서

────────── 라면을 끓일 때 물 조절을 실패했던 기억이 있
다. 물을 적게 넣으면 조금 짜도 먹을 만했지만 물이 많아 싱거운
건 먹기 힘들었다. 국물도 밍밍하고 면에서는 고무 냄새가 나는
것 같았다. 어렸을 때 할머니는 라면이 맵다고 라면 국물에 보리
물을 섞어주곤 했다. 그건 나름대로 맛이 있었는데 물을 많이 넣

은 라면은 맛이 없다. 면발은 하얀색도 아니고 노란색도 아닌 고무장갑을 뒤집어 놓은 색이었다. 다음에는 실수하지 말자고 다짐해도 냄비의 크기가 달라지면 같은 실수를 반복했다. 초등학생 시절의 이야기다.

라면을 자주 끓였던 이유는 집에 혼자 있는 시간이 많았기 때문이다. 초등학교에 입학했지만 부모님은 맞벌이를 하셨고, 나는 혼자서 밥을 챙겨 먹어야 했다. 그런 나에게 라면은 쉽고 간편하며 어떤 것보다 맛있었다. 어린 내가 점심을 챙겨 먹는 게 안쓰러웠던 엄마는 분식집을 하는 친구 엄마에게 정산을 해줄 테니 내가 가면 밥을 주라고 했다. 근데 분식집에 가도 라면만 시키는 나에게 아주머니는 왜 라면만 시키냐고, 그러면 엄마한테 혼난다고 했다. 초등학교 4학년부터 학교에서 점심을 먹었으니 그전까지는 그런 생활이 이어졌다.

초등학교를 졸업하고 중학교를 다닐 때였다. 종합학원에 다니고 있었는데, 2학년 때였나, 학원 영어 선생님이 이런 말을 했다.

"식당에서 혼자 밥을 먹어본 사람은 어른이야."

얼굴이 하얗고 구레나룻가 턱까지 내려오던 분이었다. 구레나룻 아래에는 거뭇한 면도자국이 있었고 머리숱도 많은데 유광 왁스를 잔뜩 바른 분이었다. 포마드 머리가 새하얀 얼굴과 유난히 대조되어 보였다. 수업을 하다가 갑자기 식당에서 혼자 밥을 먹어본 사람은 손을 들어보라고 했다. 몇 명이 손을 들자 그는, 이 사람들은 어른이라고, 식당에서 혼자 밥을 먹어봤으면 어른이라고 했다. 나는 으쓱하는 마음이 들었다. 초등학교 때부터 혼자 밥을 먹었기에, "나는 초등학생 때부터 그랬으니 대단한 사람인 건가?" 라며 우쭐해졌다.

그 후로도 많은 혼밥을 했다. 중학교 때는 학원 앞의 포장마차에서 즉석 짜장면을 먹었고, 고등학교 때는 학원 앞 분식집에서 돈가스 정식을 먹었다. 도서관에서 재수할 때는 기사 식당에서 점심과 저녁을 혼자 먹었는데, 특히 점심 때는 매일 같은 식당을 다녔다. 식당에는 혼자 온 손님들이 가득했고 여섯 명짜리 테이블이든 네 명짜리 테이블이든 혼자 온 손님들이 섞여 앉았다. 한 사람이 한 자리만 앉았고 옆에 누가 앉든 신경 쓰지 않았다. 사람들은 고개를 숙이고 밥만 먹거나 아니면 식당의 티브이를 보며 밥을 먹었다. 도서관에서 흘러나온 고시생과 재수생, 오후의 손님을 기다리는 택시기사, 하루를 보내야 하는 걸음이 느린 노인들이 같은 테이블에 섞여 밥을 먹었다.

어른이 된다는 건 무엇일까. 누군가는 첫 월급을 받았을 때 스스로를 어른이 됐다고 느낀다. 누군가는 결혼을 하고 아이를 낳았을 때 어른이 됐다고 느낀다. 누군가는 부모님 대신 동생을 키워야 했을 때 어른이 됐다고 느끼고, 누군가는 여드름 불긋하던 사춘기에 벌써 어른이 됐다고 느낀다. 이유는 몰라도 그 구레나룻 선생님은 혼자 밥을 먹다가 문득, 스스로를 어른이라고 느꼈던 것 같다. 외로워서 그랬을 것 같은데, 그 외로움에 담긴 사정이야 짐작하기는 어렵다. 다만 그에게 어른이란 '외로움을 아는 사람'이었던 것 같고 외로움이 그에게는 어른의 '무게'였던 것 같다.

엄마나 할머니와 통화를 하면 항상 나에게 밥은 먹었냐고 묻는다. 나의 끼니를 걱정하는 것이다. 누군가의 아들이나 누군가의 손자였을 때는 그들이 차려준 밥을 먹기만 하면 됐는데 이제는 더 이상 그럴 수가 없다. 돈도 벌어야 하고, 밥도 챙겨 먹어야 한다. 그런 일들이 모두 스스로의 몫이 되었다. 먹고사는 일은 고단하다. 엄마랑 할머니가 나의 식사를 걱정하는 건 그걸 알기 때문이다. 아직도 나의 끼니가 걱정되는데 현실적으로는 챙겨줄 수가 없으니 걱정만 앞서는 것이다.

식당에서 혼자 밥을 먹으면 어른이다, 라는 말은 맞는 말일 수도 있고 틀린 말일 수도 있다. 자신의 경험만이 옳다고 믿는 한 인간의 상상력 없는 결론일 수도 있고, 많은 사람들이 공감하는 일반적인 정서일 수도 있다. 구레나룻 선생님이 왜 그런 말을 했을까. 그건 알 수 없다. 하지만 그가 20년 전에 이야기한 하나의 문장은 내 마음에 남았다. 그 덕에 식당에서 혼자 밥을 먹는 것과 어른이 된다는 것, 그 사이의 미묘한 울림에 대해 생각해 볼 수 있었다. 혼자인 외로움과 어른의 무게, 생계의 고단함과 따뜻한 집밥에 대해 곱씹어 보게 되었다. 식당에서 혼자 순댓국을 먹다가 문득 사는 게 고단하다는 생각이 들면, '이제 정말 어른인 건가'라는 생각이 머리를 스칠 것 같다.

# 운전대를 잡을 때
# 내가 하고 싶은 이야기

지금 그 문제들을 살라.
그러면 언젠가 먼 미래에 자신도 알지 못하는 사이에
삶이 너에게 해답을 가져다 줄 테니까.

― 라이너 릴케, 「젊은 시인에게 주는 충고」 중에서

――――――― 대학을 졸업했던 해에 운전면허를 땄다. 졸업식
이 있던 겨울이었고, 입대 전의 마지막 겨울이었다. 수강료를 내
고 운전 학원을 다니기 시작했다. 모교였던 고등학교 옆에 있던
학원이었다. 등록하고 첫날은 기초 이론을 배웠고, 며칠 뒤에 필
기시험을 쳤다. 그 뒤로는 기능 조작과 도로 주행을 배웠다. 얼마

뒤에 실기 시험을 봤지만 떨어졌다. 기어를 잘못 넣어 시동을 꺼 버렸던 것이다. 연습을 몇 번 더하고 두 번째 시험을 보고, 다행히 붙을 수 있었다. 그렇게 스물여섯에 운전면허를 땄다.

운전을 시작한 건 회사에 입사한 후였다. 면허를 따고는 3년은 운전을 하지 않았다. 군에 입대한 상태였는데 거기서는 운전할 일이 없었다. 장롱 면허였다. 하지만 회사에서는 운전을 해야 했다. 우리 회사는 섬유를 파는 회사였고 원단을 만드는 편직 공장이 우리의 고객이었다. 내 일은 그런 고객들을 방문해서 우리 실의 품질을 확인하는 일이었다. 문제가 생기면 외근을 가야 했고 운전을 해야 했다. 초보 운전이라 사설 학원에서 연수를 받았고 회사 선배들이 연수를 해주기도 했다. 외근을 갈 때면 선배들과 교대로 운전을 했다. 갈 때는 선배가 하고 올 때는 내가 했다. 긴장도 되고 걱정도 됐지만 해야만 했다. 그렇게 운전을 배웠다.

올 것이 오고 말았다. 혼자 외근을 가게 된 것이다. 회사 주차장은 지하 5층까지 있는데 우리 팀은 주로 지하 5층에 주차를 했다. 하지만 층을 올라가는 경사로가 너무 좁았다. 원래는 2차로로 만들었지만 사실상 한쪽 차로는 막혀 있었다. 코너의 벽면에 다른 차들이 주차되어 있었기 때문이다. 결국 오르막길은 1차로에 불과 했고 초보 운전자에게는 험난한 길이었다. 게다가 우리 팀의 차는 승합차였다. 작은 차로도 어려운 코너를 승합차로 돌아야 했다.

처음 외근을 갔던 그날, 주차장에서 차를 빼는 데 30분이 걸렸 다. 코너를 돌 때면 차에서 내려 벽과 차 사이의 간격을 가늠했다. 50cm 이동하고 한 번 보고, 50cm 이동하고 한 번 보고, 각이 없 어 후진하고, 이런 식이었다. 한 번 지나가기도 힘들었는데, 지하 5층에서 지하 1층까지 4번을 지나야 했다. 마음이 조급했던 이유 는 뒤에서 오는 차들이 라이트를 비추며 재촉했기 때문이다. 그렇 게 힘들게 차를 뺐고 몸에서는 진이 빠졌다. 사회생활이 쉽지 않 았다.

나에게 운전은 어른들의 일이었다. 어렸을 때는 아빠 혼자서 운 전을 했다. 아빠는 길눈이 밝았고 사고를 낸 적도 없었다. 명절에 는 새벽 두세 시에 출발해 고향에 내려가던 아빠였다. 가족들이 차에서 잠에 들어도 아빠는 혼자서 밤길을 달렸다. 어릴 때야 그게 당연한 줄 알았지만 운전을 하고 보니 결코 쉬운 일이 아니었다. 하지만 아빠는 힘들다는 얘기를 한 번도 하지 않았다. 난폭 운전 차량에겐 시원하게 욕도 했지만 가족들을 태우는 게 힘들다고는 말한 적이 없다. 스무 살이 넘어서는 아빠만 운전을 하는 게 미안했고 그런 이유로 언젠가부터는 조수석에 앉아 아빠의 말동무를 했다. 나에게 운전을 하는 건 어른의 상징이었다.

지금은 회사 주차장을 오가는 게 힘들지 않다. 처음 1년은 힘들었지만 5년이 지난 지금은 익숙해졌다. 감이 생겼다고 할까, 차와 내가 이어진 느낌이다. 나의 신경망이 차까지 이어진 기분이다. 직접 손을 뻗어 나와 사물 사이의 거리를 가늠하듯 이제는 차가 지나는 공간을 짐작할 수 있다. 감이 생긴 것이다. '운전을 하면 그건 당연한 거지.'라고 생각하는 사람도 있겠지만 첫 외근의 그날을 기억하는 나는 그게 신기할 따름이다.

이제는 운전에 익숙해졌다. 예전에는 사이드 미러를 의식해서 봤고 엑셀과 브레이크에 신경을 곤두세웠다. 핸들을 조심스레 돌렸고 내비게이션을 잘 보려고 노력했다. 하지만 이제는 모두 편해졌다. 컴퓨터 타자를 처음 배울 때는 자판의 위치를 하나하나 신경 쓰지만 시간이 지나면(말 그대로) 눈을 감고도 타자를 칠 수 있다. 마찬가지로 이제는 의식을 집중하지 않아도 운전을 할 수 있다. 기계적으로 사이드미러를 확인하고 직관적으로 핸들을 돌린다. 차로 변경이나 속도 변화에 어려움이 없다. 네비를 헷갈리는 일도 별로 없다(고 믿지만 내비게이션은 가끔 잘못 본다).

물론 운전은 위험하다. 큰 도로를 운전하면 사고 난 차들을 자주 본다. 2021년에는 20만 건의 교통사고가 발생해 3천 명이 사망했고 30만 명이 다쳤다. 나 역시 그중에 하나가 될 수 있다. 내 잘못이든, 상대방의 실수든, 운전은 그 자체로 위험하다. 운전에 익숙해졌다고 해서 운전을 대충할 수는 없다. 조심하기 위한 노력은 필수로 해야 한다. 핸들은 한 손이 아닌 두 손으로 잡고, 졸릴 때는 반드시 쉬려고 한다. 과속도 웬만하면 하지 않는다.

운전을 하다 보면 생각이 많아진다. 의식의 흐름이랄까, 생각의 실타래가 풀린다. 하지만 거기에는 어떤 인과도 없다. 어떤 서사도 없다. 내가 생각을 지배하는 게 아니라 생각이 나를 지배한다,

랄까. 무의식에 다가서는 느낌이다.


엄마는 오늘 행복할까.

아빠는 오늘 평안할까.

할머니는? 할머니는 산책을 잘했을까.

회사에 언제까지 다닐 수 있을까.

글은 언제까지 쓸 수 있지.

나는 글을 잘 쓰나, 못 쓰나.

친구의 농담을 떠올린다.

내가 한 농담을 후회한다.

나는 행복할까.

요새 왜 축구가 잘 안 되지.

오늘 회식 가기 싫다.

등등


생각의 실타래가 풀린다.


어른이 된 이상 운전은 계속해야 한다. 이제 조수석에 타는 일보다 운전석에 앉는 일이 더 많다. 회사에서도 그렇고, 집에서도 그렇다. 다행인 건 운전을 좋아한다는 것이다. 속도를 즐기는 것도 아니고 드라이브가 취미인 것도 아니지만 그래도 운전을 좋아한다. 변속과 코너링을 하며 교통이라는 흐름 속에 나를 맡기는 일, 멍해지는 시간과 생각의 실타래가 풀리는 시간, 그 시간을 좋아한다.

핸들을 돌리고 액셀을 밟는다. 사이드 미러를 보고 깜빡이를 켠다. 마음 밑바닥의 불안을 더듬는다. 가슴 저편의 희망을 느낀다. 강변북로를 지나며 지는 해를 바라본다. 한강 물에 비치는 빨간 노을이 아름답다. 아니, 쓸쓸한 건가. 다시 액셀을 밟는다. 내 삶은 흐르고 있다. 어느새, 어른이 되어 버린 것이다.

# 언어들이 사는 세상

언젠가 숲에서 두 갈래 길을 만났을 때
사람들이 잘 가지 않는 길을 갔었노라고
그래서 모든 게 달라졌다고

**– 로버트 프로스트, 「걸어보지 못한 길」 중에서**

───────── 겨울이다. 서랍 한편에 보관하던 장갑을 꺼냈고
면이 두꺼운 코듀로이 바지를 입기 시작했다. 거리의 사람들은 어
깨를 움츠린 채 주머니에 손을 넣고 걷는다. 붕어빵 맛집 앞에는
사람들이 줄을 서고 포장마차 위로는 어묵 국물이 하얀 연기로 피
어오른다. 날씨가 추워서 싫다고 하는 사람도 많지만 그래도 겨울

은 그만의 매력이 있다. 밤하늘의 별은 겨울에 더 반짝이고 겨울 밤의 짙은 어둠에는 아련함이 있다. 첫눈을 기다리는 설렘이 있는 계절이다.

나에게 겨울은 수능 한파와 함께 시작됐다. 수능이 있는 11월 둘째 주 목요일만 되면 날씨가 한겨울처럼 추워진다. 삼수를 해서 수능을 세 번이나 봤는데 그때마다 날씨가 추웠다. 당시만 해도 환절기만 되면 목감기가 걸려서 그걸 예방하는 일에 신경을 많이 썼다. 10월 말부터 패딩을 입고 털모자까지 뒤집어쓰고 다녔다.

수능에서 가장 어려웠던 과목은 언어영역(지금은 국어영역)이었다. 공부를 할 때도 하루에 절반은 문학과 비문학을 공부했다. 그랬던 내가 글 작가가 된 걸 보면 인생은 역시 요지경이다. 인생에서는 1과 1을 더하면 2가 나오지 않고 2와 2를 곱한다고 4가 나오지도 않는다. 인생이라는 드라마에서는 1과 1을 더해서 0이 되기도 하고 2와 2를 곱해서 100이 되기도 한다. 그렇게 보면 언어영역을 어려워했던 삼수생이 글 작가가 되는 일은 오히려 자연스러운 일일지도 모른다. 앞뒤가 안 맞는 일들의 연속, 그게 삶의 본

질이라면 말이다.

세상은 언어로 이루어져 있다. 우리는 언어로 만들어진 의미 속에 살고 언어를 통해 '생각'을 하고 '인식'을 한다. 사람들은 저마다의 언어를 가지고 사는데 그것은 곧 자기만의 언어로 세상을 바라본다는 말이다. 인간은 이기적이다, 라는 언어를 가진 사람은 인간의 많은 행동을 이기적인 행동이라고 생각한다. 타인을 도와도 이기적인 이유로 그랬다고 여긴다. 누군가를 돕는 게 그에게 유익이 되는 일이어서 그랬다는 것이다. 그게 현실적인 이득이든 감정적인 만족이든 그에게 도움이 되니까 하는 행동이라는 것이다. 반대로 인간은 선한 본성을 가지고 있다, 라는 언어를 가진 사람은 타인을 돕는 게 타고난 선함 때문이라고 생각한다. 인간에게는 남을 돕고자 하는 순수한 마음이 있다고, 그런 본능적인 선함으로 봉사도 하고 배려도 하는 거라고 믿는다.

그러면 '언어'가 '생각'보다 앞서는 거냐고 물을 수도 있다. 인간은 '생각'하는 존재여서 '언어'라는 걸 사용하는데 반대로 '언어'가 있어서 '생각'을 한다는 거야, 라는 물음이다. 하지만 뭐가 먼저인지 나는 모른다. '닭이 먼저냐 달걀이 먼저냐'처럼 '언어가 먼저냐 생각이 먼저냐'에 대한 나만의 주장을 하고 싶은 것도 아니다. 다만 내가 하고 싶은 말은 언어가 우리 삶에 미치는 영향이 크다는 것이다. 다채로운 언어를 가지고 사는 것과 극단의 언어를 가지고 사는 것은 어떻게 다른지, 글 작가로서 나는 어떤 글을 쓰고 싶은지, 글을 쓴다는 것은 어떤 의미인지, 그에 대해 생각해보고 싶은 것이다.

글은 무언가를 모방하는 일이다. 생각과 감정, 감각을 언어라는 수단으로 모방한다. 소재를 나열하여 글의 흐름을 만드는 것은 창작이지만 기본적으로 글의 소재는 현실에 대한 모방이다. 근데 글을 쓰다 보면 모방'조차' 쉽지 않다는 걸 느낀다. 베끼는 건 쉽지, 라고 생각할 수 있지만 글쓰기의 영역에서는 무언가를 베끼는 일도 쉬운 일이 아니다. 눈앞에서 보고, 느끼는 것도 사실은 있는 그대로 표현하기가 어렵다. 연필과 스케치북을 준다고 눈앞의 사물을 똑같이 못 그리는 것과 비슷하다. 지금 눈앞에 보이는 것들을 남들이 이해하게 말로 표현할 수 있는가? 모르는 사람에게 엄마나 아빠의 얼굴을 말로 설명할 수 있는가? 어제 먹은 음식이 어떤 맛이었는지, 왜 맛있었는지 다른 사람이 상상하게 설명할 수 있는 가? 사실 쉽지 않다. 불가능한 건 아니지만 결코 쉬운 일은 아니 다.

그건 교육을 덜 받아서 그런 것도 아니고 보고 느낀 게 거짓이 라 그런 것도 아니다. 단지 그걸 표현할 언어를 찾는 건 그 자체로 어려운 일이기 때문이다. 묘사하고, 설명하여, 남을 이해시키는 일은 어려운 일이다. 작가는 일상을 떠돌지만 언어가 되지 못한 것들을 언어로 만든다. 드뷔시의 〈달빛〉을 들으면 왜 마음이 잔 잔해지는지, 드라마 〈이상한 변호사 우영우〉를 보면 왜 입가에 미소를 짓는지, 월드컵에서 선수들의 땀방울을 보면 왜 뭉클한 감정이 드는지, 작가는 그만의 언어로 표현할 수 있어야 한다.

글을 쓰는 기쁨은 여기에 있다. 모방은 어렵지만, 그걸 해내면 뿌듯하다. 표현은 어렵지만 그걸 해내면 나의 영혼이 깊어지는 걸 느낀다. 단어를 만져 의미를 만드는 일은 그림 퍼즐을 맞추는 것 과 비슷하다. 머리와 손끝의 감각으로 퍼즐을 맞추듯 정신을 집중 하고 손가락의 감각을 이용해야 한다. 흩어진 1,000조각의 퍼즐을 맞추면 몸도 힘들고 정신도 지치지만 성취감이 든다. 글쓰기도 그와 비슷하다.

몇몇 사람들은 자신들의 언어가 세상의 전부라고 믿는다. 극단의 언어들을 정답으로 믿고 편을 가르고 갈등을 조장한다. 내 편이 아니면 네 편이고 네가 틀린 이유는 내가 맞기 때문이다, 라는 생각을 가졌다. 2022년에도 국가 간에 전쟁을 하고 티브이를 틀면 정치인들은 낮은 수준의 말싸움으로 서로를 헐뜯는다. 권력을 가진 언어는 단순하고 편협하다. 무조건 옳다고 말하고, 무조건 믿으라고 말한다. 그들이 만드는 법으로 사회는 돌아가고 사람들은 법이라는 이유로 그걸 따른다. 교과서는 법을 지키라고 가르치는데, 사람들은 교육이라는 이름으로 그걸 학습한다. 그런 세상을 살고 있다.

사회의 언어로는 이해가 어려운 삶의 미묘함을 글로 남기고 싶다. 극단의 말이 아닌 상상력이 있는 언어로 세상을 묘사하고 싶다. 그게 글 작가의 역할이고 그게 글을 쓰는 기쁨이다. 나는 어떤 글을 쓸 수 있을까. 내가 쓰는 글은 어떤 모습이 될까. 세상의 모

순과 나의 모순이 만나 어떤 언어를 만들 수 있을까. 그게 궁금해

진 밤이다.

4

# 우리가
# 사랑을 말할 때

# 이어져서 산다는 것은

세상의 한 사람 한 사람의 존재는 힘들고 고독하지만,
그 기억의 원형에서는 우리가 하나로 연결되어 있다.

– 무라카미 하루키, 『해변의 카프카』 중에서

───────── 우리는 어떻게 이어져 있을까.

일주일에 한 번 정도는 할머니와 통화를 한다. 바쁘다는 핑계로
전화를 못 할 때도 있지만 그래도 일주일에 한 번 정도는 연락을
드린다. 통화를 길게 하는 건 아니고 안부를 묻는 정도다. 내가 전

화를 드리면 할머니는 반가워하시지만 가끔 드라마를 보다가 전화를 받으면 듣는 둥 마는 둥 전화를 끊는다. 그게 귀여울 때도 있다. 통화를 하면 할머니는 나에게 밥은 먹었냐고 묻는다. 그리고 항상 큰일이 났다고 한다.

"밥은 먹었고? 아이고~ 큰일이다, 큰일이야."라고 하신다.

내가 끼니를 챙기지 못할까 걱정하시는 것이다. 나이가 벌써 삼십 대 중반인 데도 할머니는 나를 밥을 챙겨줘야 하는 존재로 생각한다. 모습이야 많이 변했어도 먹여주고, 씻겨주고, 똥 기저귀 갈아주던 그런 어린아이로 본다.

내가 취업을 하고 회사에 다니면서부터, 나이로는 이십 대 후반부터인데, 할머니는 나의 결혼을 걱정했다. 곧 90을 바라보는 나이라 더 늦기 전에 손자가 결혼하는 걸 보고 싶다는 이야기다. 이런 말은 명절에 듣기 싫은 잔소리 1위고 요새는 농담 삼아 이런 말에는 벌금을 매겨야 한다고도 하지만 그래도 나는 할머니의 이런 바람을 기분 나빠하지 않는다. 자식을 결혼시키는 것은 그 시대 부모들의 당연한 책임 중에 하나였고 내가 비록 손자라 하더라도 자식 같은 마음이 있으니 그렇게 생각하는 것이다. 나의 결혼을 바라는 건 그만큼 나를 사랑하기 때문이고 그만큼 내가 행복하기를 바라는 것이다. 나아가 내가 결혼을 해야 할머니의 자식이자 나의 엄마인 첫째 딸의 마음이 편해질 거라는 바람도 있을 것이다. 그런 마음들에 대해 부정하고 싶은 생각도 없다.

주말에도 할머니랑 통화를 했다. 할머니는 나에게 아침은 먹었냐고 물었고 내가 11시가 넘어서 아침을 먹을 거라고 했더니 "아이고~ 큰일이다~."라고 하셨다. 그리고는 하는 말씀이 어려서 우리 집(할머니네 집) 옆집에 살았던 친구가 결혼을 했다는 것이다. 유치원 때 가장 친했던 녀석인데 집도 바로 옆이라 네 집이 내 집인 양 서로 왕래하며 지냈던 친구다. 내가 초등학교에 입학하고 서울로 떠난 후로는 한 번도 연락한 적이 없지만 나와 달리 아직도 그곳에 사는 할머니는 이웃들을 통해 친구의 소식을 듣고 있다.

할머니가 이야기한 친구는 7살 이후로는 한 번도 본 적이 없다.

이제는 얼굴도 생각이 안 나고 같이 놀았던 기억은 비 내리는 날의 유리창 밖 풍경처럼 흐릿하다. 그럼에도 할머니를 통해 소식을 들었고 지난번에는 친구가 산림청의 공무원이 되었다는 말을 듣기도 했다. 그리고 이번에는 결혼 소식이었다. 할머니는 그들이 부부 공무원인 게 부러웠는지 아내가 될 사람이 시청의 공무원이라는 말도 덧붙였다. 나도 어서 좋은 사람을 만나서 장가를 가라고도 하셨다. 통화가 끝나고 뭔가 신기했다. 이제는 생판 남인데도 나는 그의 직업도 알고, 결혼 소식도 듣고, 심지어는 그 아내의 직업도 알게 되었다.

사람과 사람은 이어져서 살아간다. 인간의 영혼이 기억의 집합이라면 나의 영혼은 많은 사람들과의 추억으로 이루어져 있다. 서로의 마음속에 공간을 내어주며 살아간다는 것이다. 함께 소통하고, 공감하고, 추억을 나누며 살다 보면 자연히 그렇게 된다. 지난 주말에 결혼한 산림청의 한 공무원은 유치원생의 모습으로 내 기억 속에 살고 있다. 나 역시 그의 기억 속에 살고 있을지도 모른다. 물론 사람마다 기억하는 게 다르니 그의 기억 속에는 나라는 존재가 전혀 없을 수도 있다. 하지만 내가 그를 기억하듯, 그도 나를 기억할 가능성이 있다는 것이다. 25년 동안 한 번도 본 적이 없어도 말이다.

그렇게 내가 누군가의 마음속에 존재한다는 생각을 하면 아찔하기도 하다. 나라는 사람은 이상할 때도 많아서 누군가에게 상처도 주고, 실수도 하며, 살아왔다. 누군가에게는 생각만 해도 불쾌해지는 사람일 수도 있다. 좋은 모습으로만 기억되면 좋겠지만 그럴 수 없다는 걸 알고 있다. 싱크대 밑의 음식물 쓰레기처럼 고약한 모습으로 나를 기억하는 사람도 있을 수 있다. 그런 생각을 하면 찜찜하다.

한때는 인생이 혼자라고 생각했다. 인간은 이기적이고, 그런 인간들이 모여 살다 보니 싸우고, 갈등하며, 많은 순간 자기만을 위해 행동하기 때문이다. 그래서 인생은 외롭고 삶은 고달픈 것이라 생각했다. 그게 사람이면 인간관계는 왜 필요한지, 사랑은, 우정은, 동료애는 왜 필요할까, 모두 포장된 가식이 아닌가, 라며 회의를 느꼈다. 모든 연대의 감정이 사실은 이기심을 기반으로 한다면 사랑도, 우정도, 가족애도 모두 거짓인 것 같았다.

하지만 우리가 이어져 있다는 생각을 하면 인생이 꼭 외로운 것만은 아니라는 생각도 든다. 서로가 서로를 기억하고 그렇게 마음 한편에 다른 사람을 담고 살면 혹여 인간의 이기심이 타고 난 것이라 하더라도 오로지 자신만을 위해 사는 건 불가능하다. 함께 시간을 보내며 우리가 나눈 정들은 서로의 마음에 남아 우리를 이어준다. 나의 기쁨과 슬픔이 너의 행복과 불행이 되고 너의 불안과 용기가 나의 걱정과 희망이 된다. 나를 위하는 것이 너를 위하는 것이 되고 너를 위하는 것이 나를 위하는 것이 된다. 그런 이유로 우리는 남을 위해 희생도 하고, 서로 의지도 하며, 살아간다. 할머니와 통화를 하고 마음이 따뜻했던 이유는 우리가 이어져서 살고 있다는 실감 때문이다.

중국 설화에서는 월하노인이 연인이 될 남녀의 운명을 점지하고 그들을 붉은 실로 연결시켜 놓았다는 이야기가 있다. 그런 인연의 실이 비단 남녀뿐 아니라 우리의 모든 인연에 있다고 믿으면 때때로 외롭고 가끔은 서운해도 인생이 혼자인 것만은 아니라고 생각할 수 있다. 가끔은 제멋대로이기도 하지만 사랑도 하고, 우정도 하고, 그렇게 아옹다옹하며 함께 사는 게 인생이라는 것이다.

    시선을 조금 바꾸려고 한다. 인간은 이기적인 한 외로울 수밖에 없다는 회의에서 시선을 돌려 우리 사이에 연결된 붉은 실을 바라보려고 한다. 우리는 이어져 있다고, 그러니 연대하며 살자고, 그러니 함께하자고, 그렇게 믿어보려 한다.

# 단풍과 시
## 그리고 할머니

당신이 사막이 되지 않고 사는 것은
누군가 당신의 가슴에 심은 나무 때문이다.

– 양정훈, 『그리움은 모두 북유럽에서 왔다』 중에서

———————— "너의 젊음이 너의 노력으로 얻은 상이 아니듯
나의 늙음도 나의 잘못으로 받은 벌이 아니다."

라고 시인 로스케는 말했다. 무릎이 아파 화장실에 갈 때 안간힘
을 써야 하는 것도, 장날에 혼자 힘으로는 시장에 가지 못하는 것

도, 손자에게 밥을 해주지 못하는 것도, 그래서 미안해하는 것도, 모두 할머니의 잘못이 아니다. 단지 90년의 세월을 보낸 흔적일 뿐 절대로 그녀의 잘못은 아니다. 어렸을 때 할머니의 손에서 자란 나는 어느새 30대가 되었고 할머니는 90대를 바라보고 있다. 그냥 시간이, 꽤나 많이, 흘렀을 뿐이다.

"여보셔? … 워이!"

할머니가 전화를 받을 때 하시는 말이다. '여보세요' 하며 전화를 받았다가 전화한 사람이 나라는 걸 알게 되면 '워이!'라고 하신다. 반가워서(라고 믿는다) 내뱉는 의성어인데 거기에 담긴 강한 액센트에 나도 기분이 좋아진다. 존재 자체로 사랑을 받는 느낌이랄까. 그녀의 환대에 감사하다. 온전히 예뻐만 해주는 할머니와 그 마음을 좋아하는 나. 가까울수록 서운할 일도 많아지는 게 사람 사이인데 할머니에게 나는 안 좋은 감정을 가져본 적이 없다. 완벽에 가까운 관계, 그런 것도 있다.

할머니와 있으면 마음이 편하다. 여러 이유가 있지만 그중 가장 큰 이유는 할머니 옆에서는 여전히 어린 손자이기 때문이다. 어른이 되면서, 사회생활을 하면서 남은 '악다구니'가 사라진다. 어른이 된다는 건 세상의 입체감을 이해하는 일인데 그건 어린아이의 순수성과는 거리가 멀다. 나보다 잘난 친구에 대한 질투, 필름이 끊긴 후의 지독한 숙취, 이유를 모르는 이별 통보, 새벽 세 시의 외로움, 면접 탈락의 허탈함, 초라한 통장 잔고, 너무한 집값, 세상에는 화목하지 않은 가정이 더 많다는 것, 인간의 어리석음, 평화를 위한 전쟁 등등 어른이 되면서 만나는 세상의 면면이 아름답지만은 않다. 고통은 인간을 성장시키기도 하지만 비겁하게 만들기도 한다, 라고 누군가는 말했고 나 역시 어른이 되어 성숙해진 면도 있지만 그만큼 때가 묻기도 했다.

하지만 할머니 앞에서는 순수했던 내가 된다. 쨍한 햇볕에 말린 하얀 이불처럼 깨끗하고 뽀송한 그런 사람이 된다. 철학도 필요 없고 처세도 필요 없는 아이, 살아가는 불안도 모르고 세상 사는 외로움도 모르는 아이의 마음을 가질 수 있다. 할머니는 그저 내 끼니를 걱정해 주고 나를 착하다고만 한다. 나보고 츤재(천재)라고도 한다. 할머니는 나에게 5월 어느 산의 물 맑은 계곡 같은 분이다.

할머니가 이제는 제대로 걷지를 못한다. 햇살 좋은 가을날 수목
원에 가서도 산책하기를 힘들어한다. 원래도 무릎이 아프셨지만
올해 들어 부쩍 더 나빠졌다. 연초에 몸살을 크게 앓고는 제대로
회복을 못 했다. 어느 날은 나에게

"니 증조할머니가 88세 때 돌아가셨어."

라고 하셨다. 뒷말은 하지 않았지만 지금 88세이신 당신이 떠나야
할 때라고 느끼신 것 같다. 표정은 어두웠고 초점 잃은 눈으로 허
공을 바라보기도 했다. 아직도 뉴스를 보며 트럼프보다는 바이든
이 낫다고, 그 양반 얼굴이 더 점잖다고 할 만큼 정신은 맑은데 몸
이 그걸 못 따라가는 것 같다. 그러면서도 말은 항상 괜찮다고, 걱
정하지 않아도 된다고, 세경이 장가가는 건 봐야 한다고 한다.

지난 토요일은 오랜만에 할머니와 둘이서 시간을 보냈다. 긴 시
간은 아니었지만 둘이서만 시간을 보내는 건 오랜만이었다. 할머

니는 월세를 내어 준 윗집 아저씨 얘기를 하셨다. 할머니 집 2층의 세입자에 대한 이야긴데 원래는 보증금 500만 원에 월세 25만 원을 받기로 했다. 근데 세입자의 큰아들이 사업을 한다고 세입자의 보증금을 들고 떠났다고 했다. 그래서 아저씨는 보증금을 입금하지 못했고 미안한 마음에 이자를 계산해 30만 원씩 월세를 냈다. 근데 할머니는 사정이 딱하다며 그냥 25만 원만 내라고, 그래도 괜찮다고 했다. 아저씨는 죄송하다며 사양했지만 할머니는 그냥 그렇게 하라고 했다. 그게 고마웠던 아저씨는 어느 날 할머니에게 포도 한 박스를 사다 주셨다. 할머니는 받기만 하는 것은 아닌 것 같아 5만 원을 봉투에 넣어 아저씨에게 줬다. 먼저 돌아가신 부인의 납골당에 꽃이라도 사가라고, 그러라고 주신 돈이었다.

할머니의 얘기를 듣는데 여러 생각이 들었다. 살다 보니 앞에서는 달콤한 말을 하면서도 뒤에서는 자기 잇속만 챙기는 사람을 여럿 보았다. 그걸 보며 나는 당하지 않겠다고, 내 것은 내가 지키겠다고 다짐하던 나였다. 그러다 보니 다른 사람의 말을 곧이곧대로 듣지 못하는 습관이 생겼다. 저 사람의 말이 진심인지 아닌지, 포장하는 말인지 아닌지, 속내는 무엇인지 생각한다. 그게 정말 큰

사기나 나를 일부로 해치려는 일이 아니어도 자기가 조금 편하려고, 일하는 책임을 넘기려고 그런 처세를 부리는 사람도 많다. 사소한 일도 상대방이 그런 의도라고 하면 기분이 나쁘다. 그래서 자꾸 사람들의 말을 곱씹는다. 진짜 원하는 게 뭘까, 진짜 바라는 게 뭘까, 하고 말이다.

그건 나도 마찬가지다. 사실은 나를 위한 일이지만 당신을 위해서 그러는 거라고, 당신을 위해서는 하는 거라고 설득할 때도 있다. 그런 태도는 점점 더 자연스러워지고 그런 기술은 점점 더 교묘해진다. 나 또한 자기 밥그릇만 챙기게 된다. 늘 그런 식으로만 행동하는 건 아니지만 살다 보니 작은 것 하나 내 밥그릇에 더 예민해진다.

최근에 읽은 『연탄길』, 실화를 바탕으로 했다는 그런 감동적인 이야기가 마음에 들지 않았다. 책에서 말하는 동화 같은 이야기는 세상에 없다고, 단지 사람들을 교화하려고 만들어 놓은 교과서 같은 책이라는 생각이 들었다. 사회의 어두운 면은 감추고 따뜻하고 행복한 일만 책에 담아 놓았을까, 좀 더 솔직한 이야기를 해야 하지 않냐고 생각했다. 이건 편식과 다름없잖아, 하고 말이다.

　근데 웹컬 『연탄길』처럼 극적인 이야기는 아니어도 그 비슷한 이야기가 내 옆에 있었다. 그것도 나와 가장 가까운, 나를 키워준 할머니가 주인공이었다. 부인의 납골당에 꽃이라도 사가라며 세입자에게 5만 원의 용돈을 주는 사람이 할머니였다. 담담하게 그런 얘기를 하는 할머니를 보며 존경심이 들었다. 때로는 손해라도 누군가에게 진실한 연민을 베풀 수 있는 게 멋있어 보였다. 손해 보지 않기 위해 남을 의심하는 게 팍팍한 세상을 살아가는 똑똑함이라고 여겼는데 그게 정말 중요한 건 아닐 수도 있다는 생각이 들었다. 세상에는 그보다 더 중요한 게 있을 수 있다는 것이다.

　언젠가 노인정의 어떤 할머니가 우리 할머니에게 자기 손자를 자랑했다. 대기업에 다니는 손자가 차를 샀다고, 그걸 타고 자기를 찾아왔다고 자랑했다. 그걸 듣고 할머니는 나에게 그 회사가 좋은 회사냐고 물었다. 부러워서 그런 건데 그 모습이 귀엽기도 했고 한편으로는 그 자랑을 이길 수 있는 '손자의 자랑거리'를 만들어 주지 못해 미안하기도 했다. 그런 인간적인 모습도 있는 할머니였지만 햇살 밝은 가을날 소파에 앉아 들려준 윗집 아저씨에 대한 연민의 마음은 정말로 멋있었다.

그날은 시처럼 아름다운 날이었다. 구름 한 점 없는 파란 하늘에 빨간 단풍이 떨어져 바람에 휘날리는 날이었다. 잘 걷지 못하는 할머니가 안쓰러웠고 밥을 챙겨주지 못해 미안해하는 게 마음 아프기도 했다. 밥을 못 해주는 건 할머니의 잘못이 아닌데, 그렇게 생각하시는 게 미안했다. 시간이 지나 할머니와 이별할 때가 되면 그때는 어른이 되는 걸까. 어린 날의 모습은 어디에서도 찾을 수 없는 진짜 어른이 되는 걸까. 그런 생각을 하면 마음이 아프다. 생각해 보면 어렸을 때부터 할머니와의 이별을 두려워했다. 아주 오래전부터 그랬다.

할머니가 조금 더 건강하게, 조금 더 오래 사셨으면 좋겠다. 가족 곁에서 조금 더 오래, 머무르셨으면 좋겠다. 그녀의 손자임에 감사하다.

# 스쳐가는 월급 속에
# 한 번뿐인 인연이라도

사람이 온다는 건 실은 어마어마한 일이다.
그는 그의 과거와 현재와 그리고
그의 미래와 함께 오기 때문이다.

— 정현종, 「방문객」 중에서

———————————  월급은 왜 스쳐가는 걸까.

건강 보험료 인상으로 4월 월급이 적게 들어왔다. 적금을 붓고
카드 값을 내니 원래도 금방 사라지던 월급이 이번 달은 잠시도
머물지 않았다. 예상에 없던 경조사로 지갑에 있는 현금까지 써버

4. 우리가 사랑을 말할 때  163

렸고 모임에 가면 신용카드를 긁고 입금을 받아야 될 상황이랄까. 이럴 때마다 카드를 잘라버리고 싶었지만 이미 그의 노예가 된 지 오래다.

올해는 주말에 겹친 공휴일이 많아 회사원들에겐 괴로운 1년이 되겠거니 했다. 현충일과 광복절 그리고 개천절까지 모두 토요일 인 1년인 것이다. 그래도 4월 말에서 5월 초에 있는 근로자의 날 과 부처님 오신 날, 어린이날은 쉴 수 있었고, 회사에서 어린이날 앞뒤로도 연차를 쓰게 해 주어 운 좋게도 1주일을 쉬게 되었다. 그 기간에 여행을 계획해 놨고 현금이 거의 없다시피 했지만 여행을 취소할 생각은 없었다. 돈이 부족해도 계획된 여행은 떠나야 하지 않나, 그게 직장인의 도리지, 통장 잔고보다 중요한 건 떠날 수 있 을 때 떠나는 것이다.

여행지는 통영이었다. 콘셉트는 글쓰기 여행. 퇴근하고 틈틈이 하던 글쓰기에 지쳐 있었고 쉬는 기간 온전히 글에만 집중하고 싶 었다. 잠시 멈춰 앞으로의 미래, 구체적으로는 글로 이루고 싶은 목표에 대해서도 생각해보고 싶었다. 그리고 밤에는 게스트 하우스에 머물면서 낯선 이들과 세상 사는 이야기도 하고 그들 중에 나를 설레게 하는 사람이 있다면 그녀와 함께할 새로운 미래까지 희망해 보는 완벽한 계획이었다(아주 성공적인 계획이었다!). 사실 말이 좋아 여행이지 낮 중에는 글만 쓰려고 했기 때문에 처음에는 혼자서 가려고 했다. 하지만 공부할 게 있다며 같이 가겠다는 친구가 있었고, 재미없지 않겠냐고 물었더니 친구는

"세경이 너만 좋으면 돼."

라고 했다.

'우리는 사랑 아니면 여행이겠지.'
'잔잔해진 눈으로 뒤돌아보는 청춘은 너무나 짧고 아름다웠다. 젊은 날에는 왜 그것이 보이지 않았을까?'

이런 감성적인 문구들이 이곳저곳에 새겨진 '슬로비 게스트 하우스'에 우리는 묵었다. 게스트 하우스의 상징인 '슬로비'는 『어린 왕자』의 보아뱀을 이용해 만든 캐릭터인데 주인장은 바쁜 현대인

들에게 잠시 쉬어갈 공간을 제공하고 싶다고 했다. 숙소 1층의 카페와 바다를 끼고 이어진 건너편의 섬 사이로는 잔잔한 파도가 흘렀다. 파도에 비치는 오후의 햇살은 프러포즈를 받는 예비 신부의 눈동자처럼 반짝였다. 바다에서는 물고기가 첨벙거렸고 그 위로는 새들이 날았다. 5월의 봄 냄새가 생명의 기운으로 숙소를 감싸고 있었다. 글쓰기에는 최고의 환경이었다.

녀석을 만난 건 그날 밤이었다. 피곤한 듯 핏발 선 눈동자에 덥수룩한 머리, 구레나룻은 앞으로 쏠려 눈썹에 닿을 것 같았다. 그을린 얼굴에 벌어진 어깨는 '편한 삶은 아니었습니다.'라고 말하고 있었다. 저녁식사에서 만난 한 남자에 대한 이야기다.

함께 여행을 간 친구와 나는 주인장이 주최하는 저녁 식사자리에 참석했다. 손님들에게 신청을 받아 음식을 차려주는 자리였는데 게스트 하우스에서는 보통 이런 걸 '파티'라고 한다. 모두 7명이 식사를 했는데 피부가 까만 그 녀석이 우리 앞에 앉았다. 나는 90년생이고 그는 빠른 90년생이었지만 이미 사회에 나왔다는 이유로 서로 말을 놓았다. 녀석은 말이 많았고 입담이 좋아 분위기를 주도했다. 옆에 앉은 여자가 말을 걸면 마스크를 쓰는 척 장난을 쳤고 조금만 마셔도 취한다면서도 연거푸 잔을 비웠다. 편하다 랄까, 그에게 어떤 호감을 느끼긴 했지만 신뢰는 가지 않았다. 그의 말에 따르면 그는 안 가본 곳이 없었고 못 해본 것이 없었다. 남태평양의 피지에서 두 달을 살았는가 하면 로스쿨에 합격했는데도 진학하지 않았다. 사회주의를 믿으며 류시화를 좋아한다고 했고 데카르트와 니체의 철학에 대해 이야기했다.

'이런 얘기를 여기서 왜 하지.'

라는 생각이 들었다. 그 녀석의 이야기로 분위기가 자꾸 무거워졌다. 대화의 주제도 문제였지만 남의 얘기를 안 들었다. 자기 말만 했고 그 말도 대개는 허풍 같았다. 그럼에도 그는 묘한 매력이 있었고 같이 하는 사람들과의 분위기도 좋아서 우리는 새벽 4시까지 자리를 함께 했다. 오고 가는 농담과 주고받는 진지함 속에 그와 나의 공통점을 발견할 수 있었는데 그건 바로 글을 쓴다는 것이었다.

친구는 최근에 무라카미 하루키의 『직업으로서의 소설가』를 읽었다고 했다. 최근에 나는 글공부를 위해 그 책을 필사하고 있었고 여행 간 내 가방에도 그 책이 있었다. 내가 좋아하는 책을 그가 이야기하니 반가운 마음이 들었다. 녀석은 블로그에 글을 올린다고 했고 나도 요새 글을 올리는 '브런치' 이야기를 꺼냈다. 그랬더니 그는 내 필명을 알려달라고 했다. 조금 망설이긴 했지만 결국 계정을 알려주었다.

다음 날 카페에서 필사를 하고 있는데 녀석이 다가와,

"나는 가난이 부끄럽지 않아."

라고 했다. 아침에 일어나 내 글을 읽었다는 것이다. 내 글에 달린 악플을 보고 그런 댓글은 이해가 되지 않는다며 내 편을 들어줬다. 그 이야기를 하는 녀석의 눈동자를 보니 '네 마음을 열어봐.'라고 하는 것 같았다. 그에게로 몸을 돌려 물었다.

"왜 그렇게 생각해?"

그는 가난했기 때문에 최선을 다해 살았다고 했다. 이런저런 경험이 많은 것도 가난했기 때문이고 그 덕분에 여러 가지 풍파를 이겨내며 살았다고 했다. 고시원 단칸방에 살면서 그곳이 삶의 전부인 사람들, 삶의 끝에 서 있는 그들의 이야기를 듣다 보니 스스로를 채찍질할 수밖에 없었다고 했다. 그들처럼 되지 않기 위해 살았고 그런 시간을 버티며 만들어낸 지금의 자기가 좋다고 했다.

"가난을 당당하게 말할 수 있는 게 신기하다."

내가 친구에게 말했다. 그랬더니 친구는 부유하게 자랐으면 열심히 살지 못했을 거라고, 나태하게 살았거나 거만하게 살았을 거라고 했다. 그런 얘기를 듣는데 자꾸 부끄러웠다. 나는 현금이 없는데 신난다며 여행을 온 상태였다. 여행 전날엔 엄마가 맛난 거 먹으라며 용돈을 주기도 했다. 그리고 그의 이야기를 듣는 내 태도도 문제였다. 빨리 대화를 마치고 글을 쓰고 싶었다. 그의 이야기에 허풍은 없을지 의심까지 하고 있었다. 그는 진심을 말하는 것 같은데 나는 들어주는 척, 다른 생각을 하고 있었다. 그의 진심을 느끼자, 괜히 미안했다. 못된 사람이 된 것 같아 부끄러웠다.

가난을 쉽게 말하기 위해 그는 가난이라는 단어를 얼마나 마음에 품고 살았을까. 충혈된 그의 눈 속에서 무엇을 보았어야 했을까. 그런 그를 색안경 낀 눈으로만 판단한 건 아닌지, 자기 말만 하는 이유가 지친 마음을 위로해 달라는 버둥거림은 아니었을지, 그런 게 괜히 미안했다.

그는 존재의 의미를 찾기 위한 여행을 떠나고 싶다고 했다. 세계 일주를 통해 인생의 스승을 만나고 싶다는 것이다. 그런 그에게 나는 주변에서 찾아보는 건 어떻겠냐고 말했지만, 곧 후회가 밀려왔다.

사람들은 채워지지 않는 구멍을 마음에 하나씩 가지고 있다. 그걸 채우기 위해 누군가는 글을 쓰고 어떤 이는 노래를 부른다. 주점마다 술병이 쌓여가는 것도, 매분 매초 SNS에 자기 일상을 공유하는 것도, 그런 이유다. 마음이 충만할 수 있는 가장 최선의 처방은 누군가의 진심 어린 사랑이지만 그런 귀한 사랑을 받을 수 있는 건 타고나기를 미남, 미녀인 것만큼이나 어렵다. 행운이 필요한 일이다. 그 녀석이 했던 말들은 그런 마음의 구멍을 채우기 위한 노력이었을 것이다.

그렇다고 그에 대한 마음이 바뀐 건 아니다. 그가 허풍쟁이라는 생각은 여전하고 그와 친구가 되라고 하면 글쎄… 마음이 가지 않는다. 나는 처음 만난 사람에게 마음을 쉽게 열지 않는다. 정을 주는 데 시간이 걸리고 죄책감을 느꼈다고 해서 그에 대한 생각이 달라지는 건 아니다.

그럼에도 반성해야 할 건 너무 섣부르게 누군가의 인생을 판단했다는 것이다. 부서지기도 했고, 부서지기도 쉬웠을 누군가의 인생을 너무도 쉽게 결론 내린 것이다. 인간적으로도 그러면 안 되지만 적어도 글을 쓰는 사람이라면, 좋은 작가가 되고 싶은 사람이라면, 누군가의 삶을, 그가 가진 이야기를, 쉽게 단정하는 게 아니라 우선은 들어줄 수 있어야 한다. 판단하지 않고 지켜보는 것. 스쳐가는 모든 인연을 소중히 할 수는 없지만 적어도 있는 그대로 바라볼 수 있어야 한다.

그가 떠난 뒤, 그에게 카톡을 했다.

니 얘기를 글로 써도 돼?

그는 알겠다고 하며 비밀을 하나 알려줬는데 말해준 이름이 가명이었다는 것이었다. 자기가 한 이야기가 본인에게 피해가 될 수 있을까 그랬다고, 미안하다고 했다. 진짜 관종이네, 싶었다. 아까 느낀 그의 진심이 거짓일 수 있겠다는 생각이 들어 허탈하기도 했다. 그럼에도 그의 이야기가 자꾸 마음에 맴돌았다. 가난이 부끄럽지 않다던 그의 말, 그게 자꾸 마음을 건드렸다. 사람 냄새 참 진하게 풍기는 녀석을 만났다. 여러모로 재미있는 여행이었다.

# 얌전한 고양이는
# 왜 부뚜막에 먼저 오를까

그대가 이 세상에 있다는 이유만으로
내 눈에 비친 세상은 더없이 눈부십니다.

─ T. 제프란, 「그대가 있다는 이유만으로」 중에서

─────── 첫인상은 중요하다. 특히 면접을 보거나 소개팅을 할 때, 첫 출근을 하거나 여자 친구의 부모님을 만날 때, 첫인상이 중요하다. 첫인상을 결정하는 건 여러 가지다. 외모, 얼굴 표정, 말투, 걸음걸이, 차림새 등이 그렇고 때로는 명함 한 장이 첫인상이 되기도 한다. 사람들은 제한된 정보로 타인을 판단한다.

그가 하는 행동, 그의 말 몇 마디로 그 사람을 재단한다. 그리고 그 판단을 믿는다. 자기가 틀릴 수 있다고 생각하는 사람은 별로 없다. 오랜 시간을 함께하면 첫인상이 틀렸음을 알게 되기도 하지만 자주 보는 사이가 아니면 처음 느낌을 전부라고 믿는다. 그래서 첫인상이 중요하다.

사람은 저마다 다르다. 좋은 점이 있으면 나쁜 점이 있고 잘하는 게 있으면 못하는 게 있다. 이렇다 저렇다 평가하기 어려운 면도 있다. 그 사람은 좋은 사람이야, 아니면 나쁜 사람이야, 라고 한마디로 표현하기는 어렵다. 따뜻하고 정 많은 친구가 돈 앞에서는 냉혈한이기도 하고 정의감 투철한 경찰이 집에서는 가정폭력을 저지를 수도 있다. 클럽에서 마약을 즐기는 사람이 야채 파는 할머니를 동정하기도 하고 예의 바른 회사 후배의 이상형이 그저 돈만 많은 사람일 수도 있다.

한 연예 기자가 배우 송강호를 인터뷰했던 일화를 TV에서 말했다. 송강호는 연기로는 최고로 꼽히는 배우다. 기자는 그에게 연기를 잘하는 비결이 뭐냐고 물었다. 어떻게 캐릭터를 소화하냐고,

어떻게 작중 인물을 실감 나게 연기하냐고 물었다. 송강호는 이렇게 답했다. 흔히 생각하는 이미지에서 벗어나야 한다고 말이다. 예를 들어(내가 말하는 예지만) 정의감 있는 열혈 형사를 연기해도 술만 마시면 길에 오줌을 싸는 인물로 만든다는 것이다. 엘리트 코스를 밟아 온 의사지만 버스만 타면 물건을 잃어버리는 사람으로 만든다는 것이다. 극악무도한 깡패여도 집에서는 베토벤 피아노 소나타를 듣기도 한다. 흔히 생각하는 형사, 누구나 생각하는 의사, 똑같아 보이는 깡패도 의외의 모습이 있다. 그런 걸 연구하고 보여줄 때 극 중 캐릭터가 살아 있는 인물이 된다고 했다.

사람은 알수록 어렵다. 우리가 아는 면과 다른 모습, 거기서 오는 이질감은 누구에게나 있다. 다른 사람의 행동에 놀라거나 그의 습관에 실망하는 건 그의 잘못이 아니다. 타인이 예상대로만 행동할 거라는 기대가 실망을 부른다. 선입견은 상상력이 부족한 착각이고 그걸 그대로 믿는 건 우리의 잘못이다. 사람마다 성향이라는 게 있어도 늘 그 모습 그대로일 수는 없다. 얌전한 고양이가 부뚜막에 먼저 오를 수도 있다.

나이가 들면 사람 보는 눈이 생긴다. 사람 보는 기준이 생기는 건데, 오랜 세월 여러 사람을 만나면 그런 게 생긴다. '관상은 과학'이라며 그걸 믿는 사람도 많다. 연륜으로 쌓은, 사람 보는 눈을 근거 없는 선입견이라며 무시할 수는 없다. 사회생활을 잘하려면 사람에 대한 판단도 잘해야 한다. 딸의 남자친구를 처음 만나는 자리라면 최선을 다해 그를 관찰하고, 판단해야 한다. 표정 하나, 말투 하나, 눈빛 하나 놓쳐서는 안 된다. 그럴 때 그런 연륜을 사용해야 한다.

하지만 사람 보는 눈이 있다는 건 더 많이 사람을 오해하는 것일 수도 있다. 보고 싶은 대로만 보고 보이는 만큼만 보는 것이다. 사람은 살아 움직이는 존재다. 누구에게나 예상치 못한 반전이 있고 그런 반전이 역설적으로는 사람을 더 사람답게 만든다. 눈에 보이는 성향과 예상치 못한 일면의 결합, 그게 사람이다. 모순적이고, 불완전하다. 따라서 사람을 볼 때는 눈에 보이는 게 전부가 아님을 알아야 한다. 순간의 판단은 언제든 틀릴 수 있고 눈에 보이지 않는 부분은 어떻게 봐도 알기 어렵다. 그걸 알아야 한다.

관찰하는 태도를 가지고 싶다. 사람을 긍정하는 것도 아니고 부정하는 것도 아닌, 존재를 있는 그대로 바라보는 연습을 하고 싶다. 모든 사람을 사랑하고 싶다거나, 박애주의자가 되고 싶은 건 아니다. 세상에는 나쁜 사람도 많고, 미운 사람도 많다. 나랑 맞지 않는 사람도 여럿이다. 그런 사람들은 어떻게 해도 밉고 어떻게 해도 맞지 않는다. 다만 극단에 서고 싶지는 않다는 것이다. 누구에게나 미운 점이 있으면 고운 점도 있고, 못난 점이 있으면 잘난 점도 있다. 그걸 믿고 싶다. 사람들과 평생을 살아야 하는데, 내 멋대로만 판단하면 세상을 반쪽만 보게 된다. 그러지 않았으면 좋겠다. 나를 위해서도 그렇고, 남을 위해서도 그렇다.

얌전한 고양이도 언제든, 부뚜막에 먼저 오를 수 있다.

# 수험생 친구에게 보내는 편지

춤을 추고 있을 때는, 규칙을 깨도 돼.
규칙을 깨는 게 가끔은 규칙을 확장하는 거지.
규칙이 없을 때도 가끔 있어.

– 메리 올리버, 「세 가지를 기억해 둬」 중에서

──────── 코로나는 언제 끝날까.

지나간 2주는 사회적 거리두기 2.5단계의 시간이었다. 프랜차이즈 카페는 매장에서 손님을 받을 수 없었고 음식점과 술집은 저녁 9시에 문을 닫아야 했다. 어디든 가게에 입장할 때는 이름과 전화번호를 적어야 했고 뭔가 찝찝해도 개인정보제공에 동의를 해야만 했다. 한 카페의 아르바이트생이 명부에 적힌 여자 손님의 전화번호를 보고 그녀에게 연락을 했다는 뉴스가 있었고 1호선 신길 역에서는 마스크를 쓰지 않는 승객이 신고를 받은 경찰과 대치하는 장면을 보기도 했다. 나보다 이십 년 삼십 년을 더 사신 어른들도 산전수전 겪었지만 코로나와 같은 바이러스 전은 처음이라고 하시니 살면서 이런 일들을 언제 또 겪을지 모르겠다. 그래도 되도록이면 빨리, 다신 볼 수 없을지라도 빨리, 코로나 시대가 끝났으면 좋겠다.

나에게는 수험생 친구가 있다. '회계사' 자격증을 공부하는 친구인데 그 친구는 코로나가 있기 전부터 '자발적 거리두기'를 실천하고 있다. 친구들도 만나지 않고 카카오톡에서도 답장이 없다. 친구의 그런 행동이 잘못됐다고 할 수는 없고 애초에 공부라는 건 혼자서 하는 일이니 그러려니 해야 한다. 한정된 시간에 지식을 쌓고 문제 풀이 기술을 늘리기 위해서는 시간 절약이 필수다. 친구와의 만남이든 가족과의 시간이든 공부 외의 것들은 되도록 줄여야 한다.

그게 얼마나 힘들까, 라는 생각을 하기도 한다. 사회적 거리두기로도 이렇게 지치는데 7년째 스스로를 가둬버린 친구는 오죽하겠냐는 것이다. 그래서 마음 한편에는 그가 수험생활을 그만했으면 하는 바람도 있다. 시험에서 떨어졌다는 얘기를 처음 들었을 때는 "그래. 빨리 붙는 게 이상한 거지~ 한 번 더 파이팅 해보자." 라며 재수 생활을 응원했다. 하지만 그게 세 번 네 번 반복되다 보니 '그래. 어쩔 수 없지… 네가 선택한 길이니까….' 하는 마음, 그래도 하겠다고 하면 응원은 하겠지만 수험생활을 계속하는 것에 대해서는 지지하기 어려운, 그런 마음이 들었다. 그 후로도 그게 반복되니 이제는 '친구의 길이 아닌가?'라는 생각이고 수험생활보다 다른 진로를 선택하는 게 낫다는 생각도 든다.

친구의 태도도 변했다. 처음에는 불합격에 대한 위로를 구하고 앞으로에 대한 응원을 바랐지만 이제는 위로보다는 무관심을 더 바란다. 응원해 주는 것조차 부끄러워하는, 무관심 속에서 성과를 내고 싶어 하는 느낌이다. 이제는 만나서도 수험생활에 대한 얘기는 잘 꺼내지 않는다. 그 주제에 대한 대화를 꺼려하고 공부가 일상인 '자기 얘기'를 숨긴다.

'나의 일상은 맨날 똑같고 재미없어. 그리고 이제는 내 얘기를 귀담아 들어주는 것조차 싫어. 그러니 나에 대해서는 더 이상 묻지 마라. 성과가 나오면 그때 다시 이야기해 줄게.'

힘든 일이 반복되면 누군가의 위로조차 버거울 때가 있다.

친구가 자기 세계에 갇히지 않을까 싶어 걱정된다. 사회적 거리두기로 '코로나 우울증'이 생기는 것처럼 사람들과 멀리하는 일상을 반복하다 보면 사람이 변할 수도 있다. 말수가 줄고, 웃음을 잃고, 생기가 없어질 수 있다. 속마음을 드러내기 꺼려하고 인간관계에 어려움을 느낄 수도 있다. '수험생이란 원래 그런 거지~.' 하며 넘어가기엔 칠 년째 그런 생활을 하고 있으니 쉽게 말할 일은 아니다.

20대에서 30대는 인생을 살아갈 가치관이 정해지는 시기다. 방향성과 같은, 그런 게 생기는 시기이다. 물론 그 후에도 작은 부분들에서의 변화는 있을 수 있고 또는 어떤 계기로 가치관 자체가 바뀔 수도 있다. 하지만 자신의 가치관을 수정/보완하려고 노력하지 않거나, 가치관을 흔들 만한 계기가 생기지 않는다면, 그 시기에 굳어진 생각으로 평생을 살아갈 가능성이 크다. 근데 친구는 지금의 시기, 그렇게 생각이 굳어질 지금의 나이를 수험생으로 살고 있다.

수험 공부의 본질은 경쟁이다. 그 성패는 결과로만 나타난다. 결과로써 자신의 삶을 대변하고 남들과의 상대 우위에서 자신의 존재감을 찾는 활동이다. 그걸 위해 공부가 아닌 다른 행복들은 등한시하는데, 내가 걱정하는 게 이런 부분이다. 미래의 영광을 위해 현재의 행복을 무시하고 과정보다는 결과로써 나를 나타내는 일, 남들보다 앞서야만 살아남는다는 마음가짐, 그런 것들에 집중하며 7년을 살다 보면 그런 삶의 태도가 비단 시험에서뿐 아니라 친구의 인생 전반에서 나타날 수 있다. 남들보다 인정받는 직업, 남들보다 좋은 회사, 남들보다 높은 연봉, 남들보다 좋은 차, 남들보다 비싼 집, 그것만이 전부라고 여기게 될 수도 있다.

물론 남들보다 잘하려는 강한 의지가 삶의 원동력이 되는 것도 살아가는 방법 중에 하나다. 그렇게 목표를 향해 열심히 정진하는 삶을 존중하기도 한다. 하지만 내가 하고 싶은 말은 '그것만이 전부'라는 생각은 하지 않았으면 좋겠다는 것이다. 결과는 '실패'일지라도 과정에서 최선을 다했다면 그것만으로도 충분할 때가 있음을 알아야 한다. 남들보다 조금 뒤처져도 어제의 나보다 오늘의 내가 낫다면 그것만으로도 멋진 일이다. 치열하게 사는 건 좋지만 꼭 그게 수험생활처럼 남들보다 앞서야만 성공하는 건 아니라고 말해주고 싶다.

친구는 이미 공부를 시작했다. 7수를 하고 있다는 말이다. 따라서 냉정하게 말하면 지금 이 시간은 오로지 공부만 하는 게 맞다. 피트니스 대회를 앞에 둔 사람처럼 건강이 조금 나빠져도 한동안은 단백질만 먹으며 운동만 해야 한다. 대회가 끝나고 몸이 아프더라도 그건 그때 가서의 일이지 시작한 이상 후회가 없을 만큼 최선을 다해야 한다. 그게 끝난 다음에 맛있는 음식도 먹고 신나게 놀면 된다. 그래야 다시 건강을 찾을 수 있다. 공부를 시작한 이상 부작용은 생각하지 말고 최선을 다했으면 좋겠다.

하지만 시험이 끝나면 그때는 친구에게 내 생각을 말하고 싶다.

'자발적 거리두기'는 그만두는 게 어떠냐고, 다른 기쁨들도 느껴보자고, 또 다른 도전이든, 일상에서의 소확행이든, 다 좋다고, 무엇이든 즐겨보면 어떻겠냐고 묻고 싶다. 수험생이 아닌 사람들은 어떻게 사는지, 그들의 행복은 무엇이고 어떤 고민을 하는지, 앞으로의 인생은 어떻게 살아갈 것인지, 그런 이야기를 주고받으며 맥주 한잔하고 싶다.

내가 이런 말을 할 자격이 있나 싶다. 삶에 대해 친구보다 많이 생각해 봤다는 오만함이 나에게 있다. '자만으로 써버린 글'이라고 해도 좋다. 그걸 알면서도 이런 말을 하는 이유는 친구로서, 10대 때부터 함께해온 인생의 동료로서, 우리가 살아갈 인생의 방향이 보다 멀어지지 않기를 바라기 때문이다. 애정과 관심이 없으면 그조차도 하지 않을 걸 알기에 조만간 꼰대가 되어볼 예정이다. 친구의 자발적 거리두기가 끝났으면 좋겠다. 합격이라는 결말이길 바라지만, 혹시 그게 아닐지라도.

# 눈과 산,
## 등산이라는 메타포

신선한 공기, 빛나는 태양, 맑은 물
그리고 친구들의 사랑
이것만 있다면 낙심하지 마라.


– 괴테, 「용기」 중에서


얼마 전에 충주 여행을 다녀왔다. 충주에 친구가
있었기 때문이다. 녀석은 원래 경기도에 본가가 있는데 회사일로
충주에서 살게 되었다. 고등학교 때 만났으니 햇수로 16년이 넘은
친구다. 어떻게 사는지 한 번쯤 보고 싶어 다른 친구 두 명을 꼬셨

186 인생은 사랑 아니면 사람

다. 충주에 다녀오기로 여행 계획을 잡은 것이다. 금요일 밤에 출발해 일요일에 돌아오는 일정이었다. 토요일에는 '월악산'을 등산하기로 했다.

친구 차를 타고 서울에서 충주로 향했다. 퇴근 후의 금요일 밤이라 그 이유만으로 세상이 아름다워 보였다. 가고 있는데 충주에서 전화가 왔다. 저녁 메뉴가 뭐가 좋겠냐는 것이었다. 친구는 송어회나 소고기 중에 고르라고 했다. 잠시 고민 후 송어회를 골랐다. 현지에서 유명한 음식을 먹는 게 나을 것 같았다. 회를 떠 오겠다는 친구의 목소리는 결혼식 날 하객을 반기는 새신랑의 목소리처럼 들떠 있었다.

친구 집에 도착해 술자리를 시작했다. 친구에게 요새 무슨 생각을 하는지 물었다. 여자 친구와의 관계는 좋은지 나쁜지, 회사생활은 어떤지를 물었다. 친구는 최근에 여자 친구와 헤어졌다고 했다. 쉽지 않은 이별이었다고, 이별의 감정을 정리하는 게 힘들었다고 했다. 그렇다고 진지한 얘기만 한 건 아니었다. 농담도 많이 하고 장난도 많이 쳤다. 조금 취해서는 술 게임을 하기도 했다. 음악의 전주만을 듣고 노래의 이름과 가수를 맞추는 게임이었다. 기대했던 송어회는 별미였고, 그렇게 밤이 깊어 갔다. 하지만 다음 날의 등산을 위해 일찍 자리를 마쳤다. 1,000m가 넘는 산을 오르려면 컨디션 조절이 필요했다.

친한 친구들과는 대화를 하지 않아도 편하다고 한다. 대화의 공백을 허용한다는 말인데 거실 소파에 나란히 앉아 TV를 보는 장면을 떠올리면 그 의미를 이해할 수 있다. 보통 친한 게 아니라 '진짜' 친하면 그렇다고 한다. 하지만 친할수록 더 많은 대화가 필요하다. 세상에는 '말하지 않아도 아는 사이'라는 건 없다. 친할수록 서운한 게 사람 사이고 상대를 모두 안다는 건 착각이다. 그런 생각이 관계를 망친다. 사소한 일이라도 소통할 수 있어야 한다. 잘 준비를 마치고 넷이 누워 실없는 수다를 떨었다. 그 시간이 좋았다. 어두운 방에서 농담 하나로 모두가 낄낄 웃는 그 시간이 좋았다. 이내 잠에 들었다.

아침에 일어나 등산 준비를 시작했다. 겨울 산행이라 끓인 물을 보온병에 담았고 등산화를 신고 아이젠을 챙겼다. 따뜻하게 옷을

입고 집을 나왔다. 월악산은 달이 봉우리(영봉)에 걸린다 하여 '월
악'이라는 이름이 붙었다. 우리나라에서는 다섯 손가락에 들 만큼
험한 산이지만 산행 시간은 짧고 경관이 아름다워 많은 등산객이
찾는다. 월악산 국립공원은 충주시와 제천시에 모두 걸쳐 있는데
면적의 대부분이 충주보다는 제천에 있었다. 월악산 입구까지 차
를 타고 30분을 이동해야 했다. 편의점에 들러 삼각김밥과 소시지
로 아침을 먹었고 물과 초코바, 그리고 컵라면을 샀다. 편의점 주
인의 추천으로 출발 장소를 '덕주사'로 정했다.

편의점 앞에서 월악산 봉우리를 보니 의지가 약해졌다. '여행까
지 와서 등산을 해야 하나?' 싶었다. 구름이 걸친 산의 정상은 아
득히 멀었고 그걸 보니 학교 체력장에서 오래 달리기를 하기 전과
같은 기분, 힘든 걸 뻔히 알면서도 해야만 하는 그런 두려움과 망
설임, 그런 기분이 들었다. 계획은 9시에 등반 시작이었지만 이미
10시가 넘어 있었다. 등산이 끝나면 17시는 될 것 같았고 너무 지
칠 것 같았다.

"등산하지 말까…?"

라고 친구들에게 말했다. 하지만 동조해 주는 사람이 없었다. 서울에서부터 아이젠과 보온병을 챙겨 온 여행이었고 편의점에서는 육개장 컵라면도 사놓은 상태였다. 아무도 대답이 없어,

'가야지 뭐….'

라는 마음으로 등산을 시작했다.

산의 초입은 완만했다. 크다는 산은 보통 그런데, 월악산도 마찬가지였다. 덕주사에서 마애불로 가는 길은 완만했고 경사도 낮아 발걸음이 경쾌했다. 출발 전의 망설임과는 다르게 막상 산에 오니 자연이 주는 기운에 힘이 났다. 걸으면서도 수다를 떨었고 산에 오기를 잘했다는 감탄을 하기도 했다.

하지만 곧 경사가 가팔라지기 시작했다. 바위가 커서 무릎을 높이 들어 올랐고 계단의 경사도 날카롭게 기울었다. 세상의 계단을 모두 가져다 놓은 것 같았다. 나무 계단, 철 계단, 돌계단이 번갈아 나타났다. 우리는 말수가 적어졌다. 허리는 굽었고 호흡도 거

칠어졌다. 그중 친구 한 명이 유독 힘들어했다. 원래는 운동을 좋아하는 친구인데 오랜 수험생활로 체력이 많이 빠졌다고 했다. 시험이 끝나 운동을 하고 싶었지만 코로나 때문에 집에만 있었다고 했다. 10분을 오르다 숨을 고르고, 10분을 오르다 숨을 고르기를 반복했다. 안 되겠다 싶으면 중간에 내려가겠다는 생각이 들기도 했다. 적당한 곳에서 컵라면이나 먹고 내려오자, 라는 얘기를 하기도 했다. 기온은 영하였고, 이어지는 계단에 숨이 찼다.

왜 사서 고생을 하나 싶었다. 편하게 맛집이나 가고 커피 향 좋은 카페에서 경치 구경이나 했으면 편했을 텐데. 등산은 건강한 활동이고 성취감도 느낄 수 있지만 욕심이 과하지 않았나 싶었다. 힘든 산이었고 계절도 겨울이라 동네 뒷산에 놀러 가듯 할 수는 없었다. 게다가 혼자도 아니고 넷이 하는 산행이었다. 모두의 컨디션을 고려해야 했다. 욕심이 과하면 모자란 것보다도 못한 일이었다.

두 명, 두 명으로 간격이 벌어졌다. 넷이 완전히 동일한 속도로 오를 수는 없었다. 걷다가 멈추면 추위에 한기가 돌아, 천천히 걷더라도 '쉬지 않고' 올라가야 했다. 그런 와중에도 친구들보다 체력이 좋다는 사실에 뿌듯하기도 했다. 남보다 내가 낫다는 실감은 사람을 쉽게 우쭐하게 만든다. 하지만 책임감이 들기도 했다. 등산 제안은 내가 했고 넷이 함께 하지 못하면 의미가 없었기 때문이다. 이제 산의 초입인데 즐기려고 온 산행이 고난이 되지는 않을까 걱정됐다. 힘들어하는 친구의 표정을 보고 안쓰러운 마음도 들었다.

경사의 끝이 보이기 시작했다. 마지막 계단을 오르니 잠시 쉴 만한 공간이 나왔다. 발밑으로는 충주호의 정경이 보였다. '야호'를 외치고 싶은 풍경이었다. 차갑던 공기도 시원하게 느껴졌다. 두 팔을 벌려 심호흡을 하기도 했다. 뒤에 오던 친구 두 명도 도착했다. 가장 힘들어하던 녀석도 이빨을 반짝이며 활짝 웃었다. 하지만 그때였다. 이게 무슨 일일까. 눈이 내리기 시작했다.

어려서는 눈만 오면 밖에 나가 뛰어놀았다. 하얗게 눈이 내리면 그게 차가워도 만지고 싶은 충동이 일었다. 뽀득뽀득한 눈의 촉감이 좋았고 쌓인 눈을 흩트려 흔적을 남기는 것도 좋았다. 눈싸움도 하고, 눈사람도 만들고, 친구의 목뒤에 한 움큼 눈을 넣기도 했다. 그렇게 놀고 집에 와서 뜨거운 물에 샤워를 하면 그만한 행복이 없었다. 젖은 옷의 촉감은 싫었지만 그걸 빨래하는 건 엄마의 몫이었고 어려서는 그런 엄마의 수고를 알지 못했다.

눈이 내려서 걱정도 됐지만 오히려 눈이 주는 흥분감에 발걸음이 가벼워졌다. 펑펑 쏟아지는 눈이 아니라 작고 예쁘게 떨어지는 눈이었다. 추운 날씨에 길은 미끄러웠지만 그래도 눈이 내려서 좋았다. 바닷물에 햇살이 반짝이듯 산을 뒤덮은 눈 위로 빛의 물결이 일렁였다. 늙은 농부의 팔뚝처럼 앙상한 나뭇가지 위로 새하얀 눈꽃이 피었다. 다행히 아까 같은 경사길은 없었고 완만한 오르막이 이어졌다. 가지마다 쌓인 새하얀 눈꽃이 길을 안내했다. 대화에도 다시 활기가 돌았다. 코끝을 시린 겨울 공기가 정신을 맑게 했다. 한 친구의 아이젠이 부서지기도 했지만 그 덕분에 서로를 더 응원하게 되었다. 산행에 몰입하기 시작했다.

어느새 정상에 올랐다. 월악산 영봉이었다. 비석에서 사진을 찍고, 육개장 컵라면에 뜨거운 물을 부었다. 겨울 산 정상에서 먹는 컵라면은 역시 최고야, 라는 걸 기대했지만 별로 맛은 없었다. 보온병의 물이 식어 라면이 제대로 안 익었기 때문이다. 설익은 라면은 딱딱했고 국물도 따뜻하지 않았다. 계획대로만 되는 여행은 없었다.

하산할 때는 눈이 내리지 않았다. 오후에 기온이 올라 내린 눈도 녹기 시작했다. 설경이 절정이었던 구름다리에도 더 이상 눈이 없었다. 오를 때와는 다른 풍경이었다. 눈 때문에 산을 신나게 올랐는데 내려갈 때는 빈 가지만 가득했다. 우리를 정상으로 이끈 아름다운 풍경은 사라지고 없었다. 홀린 듯 올랐는데 홀리고 나니 그게 사라졌다. 눈이 우리를 정상에 데려다준 기분이었다. 그게 참 신기했다.

그게 뭐 별거야, 라고 할 수도 있다. 단지 아침에 눈이 왔고, 두 시간 후에 눈이 그쳤고, 오후에 눈이 녹았던 것뿐이지, 라고 할 수도 있다. 하지만 인생에는 낭만이 필요하다. 여자 친구와의 만남을 우연이 아니라 운명이라 생각하고, 손에 떨어진 봄날의 벚꽃을 우연이 아니라 행운이라 생각하고, 여행 날의 좋은 날씨를 우연이 아니라 날씨 요정 덕분이라 생각하는, 그런 낭만이 필요하다. 그런 낭만으로 세상을 바꾸지는 못해도 적어도 한 사람의 영혼이 따뜻해질 수는 있다. 눈의 요정 덕분에 산행을 잘 마쳤다고 믿고 싶은 것이다.

산을 내려와서 식당에 갔다. 기름 냄새 풍기는 등유 난로 위에 우엉차가 담긴 주전자가 올려져 있었다. 따뜻한 차로 몸을 녹이며 묵직해진 다리 근육을 느꼈다. 더덕구이와 버섯전골로 저녁을 먹었다. 집에 돌아와 따뜻한 물로 샤워를 했다. 산행의 여운과 못다한 이야기를 나누고 잠에 들었다. 간단히 아침을 먹고 서울로 올라왔다. 그렇게 여행이 끝났다.

여행 내내 우리가 하나였다고는 말하고 싶지 않다. 내가 느낀 것을 친구들도 똑같이 느끼진 않았을 것이다. 길고 힘들었던 계단을 오를 때 그들이 무슨 생각을 했는지 나는 모른다. 자기만의 상념과 각자만의 고민이 있었을 것이다. 다만 함께하는 '순간'도 있었다는 것이다. 설산의 아름다움을 '함께' 느꼈고 경사 구간의 어려움을 '같이' 공감했다. 그거면 충분했다.

앞으로도 친구들과 좋은 관계를 유지하고 싶다. 서로의 삶을 이야기하고 웃고 떠들 수 있는 그런 사이가 되고 싶다. 충주 여행, 월악산 산행, 짧지만 좋은 추억이었다.

5

# 인생은 사랑 아니면
## 사람이겠지

# 엄마는 어떻게 등으로 말해?

엄마는 부르는 것만으로도 위로가 된다.
이 몸이 얼마나 사랑받은 몸인데,
넘치게 사랑받은 기억은 아직도 나에겐 젖줄이다.

— 박완서, 『못 가본 길이 더 아름답다』 중에서


—————— "엄마, 들꽃이 되고 싶어?"


엄마에게 물었다. 내가 그렇게 물을 때마다 엄마는 왜 그런 걸
묻느냐고 했다. 하지만 괜히 그러는 게 아니었다. 언젠가 한 번은
엄마가

"다음 생에는 들꽃으로 태어나고 싶어."

라고 했다.

15글자의 그 말은 바지 끝에 묻는 갯벌의 진흙처럼 내 마음에 달라붙었다. 그 여운을 해석하는 데는 시간이 조금 걸렸다. 살면서 들었던 15글자의 말 중에 가장 슬픈 말이었다.

"행복한 가정은 모두 서로 닮았지만, 불행한 가정 모두 저마다의 이유로 불행하다."라는 어느 소설의 첫 문장처럼 당시에 우리 집은 불행한 가정의 '저마다의 이유'를 만들고 있었다. 나의 이십대 시절이었다.

엄마는 지쳐 보였다. 그날은 자기 마음 챙기기도 어려워 보였다. 누군가의 아내, 누군가의 엄마, 그리고 원치 않게 맡게 된 가장의 역할에 지쳐 보였다. 왜 엄마가 되어서, 왜 아내가 되어서 이렇게 힘든지 그녀의 삶에 회의감을 느끼는 것 같았다. 집 앞 식당에서 칼국수를 먹고 헤어지는 엄마의 분위기가 낯설었다. 언덕을 올라가는 엄마의 뒷모습을 보며 사람은 등으로도 슬퍼할 수 있다는 걸 배웠다.

들꽃이 되고 싶다던 엄마의 말이 마음 한편에 자리 잡았다. 너무 힘들다는 말보다, 너무 슬프다는 말보다 더 진득하게 마음에 들러붙었다. 애가 닳기 시작했다. 답장이 느린 썸녀의 연락을 기다리는 것처럼, 주인을 기다리는 혼자 남은 개처럼, 엄마의 마음이 돌아오기를 기다렸다. 가끔씩 엄마에게 물었다.

"아직도 들꽃이 되고 싶어?"

그럴 때마다 엄마는 이상한 걸 묻는다는 듯 쳐다봤다. 엄마는 어느새 엄마로 돌아와 있었다. 그런 그녀의 시큰둥함이 반가웠다.

대학에 입학하고 엄마 회사에 놀러 갔다. 귀걸이를 할 때였는데 단정하게 보이려고 귀걸이는 빼놓고 갔다. 그걸 알아본 엄마는 뿌듯해했고 엄마랑 친하다는 동료분과 셋이 보쌈이 나오는 추어탕을 먹었다. 엄마의 동료는 아들이 희귀병에 걸려 힘들어하는 분이었지만 이모처럼 따뜻한 눈빛으로 나를 반겨 주셨다. 벚꽃 핀 어느 봄날이었다.

점심을 먹고 주택가 골목을 산책하는데 엄마가 갑자기 총총 뛰었다. 어느 집 담장에 쪼그려 앉아 거기 피어난 들꽃을 유심히 쳐다봤다. 엄마는 너무 예쁘다며 미소 지었고, 목소리는 한껏 상기되어 있었다. 학교 다닐 때 아침마다 나를 깨우던 목소리, 알람보다 더 크던 그 목소리가 아니었다. 소녀 같은 하이톤이었고, 새삼 행복해했다. 그 순간의 엄마는 아이 같았다. 봄에 핀 들꽃 하나에 행복해하는 감수성 여린 소녀였다. 담장으로 뛰어가는 엄마의 뒷모습에서 그녀의 어린 날을 보았다.

나는 겨우 3년 만에 회사생활이 지겨운데 엄마는 38년을 회사에 다녔다. 퇴근하고 집에 오면 빨래를 하고 주말에는 청소기를 돌렸다. 나는 혼자 사는 자취방에 머리카락이 너무 많다고 불만인데 엄마는 가족 네 명의 머리카락을 혼자 치웠다. 백화점 매장에서 3개 이상 입어보면 꼭 사야 한다는 우리 엄마, 다른 데를 가자고 하면 그 매장 앞은 미안해서 못 지나가는 우리 엄마, 아들한테 방해될까 두 번 하고 싶은 전화를 한 번만 하는 엄마, 막상 통화를 하면 마음을 빚지기 싫다며 빨리 끊어버리는 착한 엄마. 내가 당신에게 진 빚은 왜 생각을 안 하는지.

영화 〈기생충〉을 보다가 엄마 생각이 났다. 부자로 태어나 구김살 없고 심플하게 사는 영화 속의 조여정처럼 우리 엄마도 부자로 태어났으면 어땠을까 싶었다. 봄날이면 가든파티를 하고 살림은 가사 도우미에게 맡기는 삶, 고급 레스토랑의 푸딩처럼 그렇게 여리고 윤기 나는 삶을 살았으면 어땠을까 싶었다. 봄에 핀 들꽃 하나에도 싱긋 웃는 소녀의 모습 그대로 평생을 행복하고 심플하게 살았으면 얼마나 좋았을까 싶었다.

명절 때 가족들에게 사랑을 나눠주는 엄마를 보며 저 사랑을 받고 자란 나는 행운아라고 느낀다. '저마다의 불행'을 견뎌낸 것도 그 사랑 덕분이고 그런 이유로 어느새 몸도 마음도 건강한 30대가 될 수 있었다. 어쩌면 내가 마음속 깊이 바라는 건 엄마가 조여정 같은 부자로 태어나는 게 아닐지도 모른다. 부자가 되든 아니든 다음 생에도 나의 엄마가 되어 달라고, 힘들고 지쳐도 그때도 나의 엄마가 되어 달라고, 그때는 좀 더 착한 아들로 태어나겠다고, 그러니 한 번 더 나의 엄마가 되어 달라고, 그게 내 진심인지도 모른다.

엄마, 엄마는 어떻게, 등으로 말해?

# 아빠를 생각하면
# 울컥할 때가 있다

하지만 지나고 보니 세상에 평범한 사람은
아무도 없다는 걸 알게 된 겁니다.
저마다 삶이 저렇게 눈부시고 선명한 것을요.

— 양정훈, 『그리움은 모두 북유럽에서 왔다』 중에서

—————— 내가 어렸을 때 아빠는 잘생기고, 호탕하고, 유쾌한 분이었다. 남에게 싫은 소리도 하지 않아 주변에 사람이 많았다. 누나가 초등학교를 졸업할 때 아빠는 40대였지만 사진 속 아빠는 여전히 청년의 느낌을 풍겼다. 누나는 아빠가 배우 최수종을 닮았다며 좋아했다.

아빠는 요리를 잘한다. 충청도 출신인 아빠는 서울에서 자취 경험이 있어, 김치찌개나 김치볶음밥, 닭볶음탕이나 칼국수 등의 음식을 잘했다. 초등학교 저학년 때 아빠가 김치볶음밥을 해줬다. 아빠가 내 그릇에 김치볶음밥을 담을 때는

"고기 많이~~~!"

라고 외치곤 했다. 내가 야채를 싫어하고 편식이 심했기에 아빠는 나의 취향에 맞게 음식을 담아줬다. 아빠의 김치볶음밥에는 비계가 두꺼운 돼지고기가 투박하게 썰려 있었다. 다행히 비계를 좋아하는 아이였고, 아빠의 김치볶음밥은 맛있었다. 아빠가 "고기 많이~~~."라고 외치던 게 좋았는지 아직도 그게 기억이 난다. 사랑받는 느낌이었다.

아빠의 삶은, 어쩌면 그게 우리 가족의 삶일 수도 있는데, 순탄하지는 않았다. 입시 학원 강사를 하다가 자영업을 했는데 그게 잘 풀리지 않았다. 왜 잘 안 됐는지에 대해서는 아빠도 할 말이 많을 것이고 그런 상황을 지켜본 나도 여러 감정을 느꼈지만 이미 지난 일이니 이렇다 저렇다 이야기하고 싶지는 않다. 어려서는 그런 상황을 받아들이기 어려웠지만 나이가 드니 누구의 삶이든 원

하는 대로만 풀리는 삶은 없다는 걸 알게 되었다. 아빠는 그저 아빠의 삶을 살아낸 것이고 그의 운명을 걸어온 것이다. 잘잘못을 따질 수는 없다.

혹시 자신의 통제대로 삶이 잘 나아가고 있다는 생각이 드는 사람이 있다면 그 실력과 그 노력에 박수를 쳐주고 싶다. 하지만 자기 뜻대로 사는 건 소수이며, 운이 좋은 사람들이다.

무슨 소리야, 내가 열심히 살아서 그런 거야.
얼마나 노력하면서 살았는데.

라고 생각할 수도 있지만 노력하는 능력도 재능 중에 하나다. 그런 재능을 가진 것 자체가 행운이다. 그걸 시기하거나, 질투하거나, 평가 절하하고 싶어서 하는 말은 아니다. 자신의 삶을 멋지게 개척하고 꿈을 이루는 사람들, 최선을 다해 사는 보통의 사람들, 모두 멋있고 대단하다. 나도 그렇게 살려고 노력하고 있다. 하지만 노력으로 성과를 이루는 게 멋지다고 해서 그 반대의 사람들을 비난할 수는 없다. 노력해서 성공하는 건 박수 칠 일이지만 노력했음에도 성과가 없는 건 마음 아픈 일이다. 그게 틀렸다고 얘기할 수는 없다.

어렸을 때는 아빠가 무섭기도 했다. 평소에는 친구처럼 재미있는 아빠였지만 화를 내면 무서운 아빠였다. 요리조리 잘 도망쳐 다녔지만 한두 번은 효자손으로 종아리를 맞기도 했다. 그런 아빠가 이제는 환갑이 넘어 칠십을 바라본다. 머리가 쇠었고, 무릎도 아프다. 노안도 오고, 점점 노년이 되어가고 있다. 그걸 보면 마음이 짠하다.

신기한 건 나이가 들수록 아빠에게 더 마음이 간다는 것이다. 힘이 빠진 모습이 안쓰러워 그런 건지 아니면 떨어져 살아 애틋함이 생기는 건지, 이유는 모르겠다. 하지만 분명 이런 감정이 드는 건 아빠가 인간적으로 나에게 좋은 아빠였기 때문이다. 내가 재수를 하고 싶다면 재수를 시켜줬고 이빨이 못생겨 괴로워하니 치아 교정을 시켜줬다. 공부를 안 해도 뭐라고 안 했고 밤새 술 마시고 집에 와도 잔소리하지 않았다. 반면에 편도선이 부어 목감기에 걸리면 걱정해 줬고 축구를 하다가 다치기라도 하면 작은 한숨을 내

쉬었다. 묵묵히 내 삶을 지켜 봐줬고 그런 덕분에 나는 독립적인 성인, 나만의 가치와 철학을 가진 주체적인 어른이 될 수 있었다.

아빠 차를 탔던 추억이 많다. 중고등학교 때 입시 학원도 아빠 차를 타고 다닌 적이 많다. 수능이 끝났을 때도 아빠가 데리러 왔고 육군사관학교 필기시험을 볼 때도 아빠 차로 시험장에 갔다. 군에 입대할 때도 아빠가 데려다줬고 전역하고 이삿짐을 옮길 때도 아빠 차를 탔다. 처음으로 혼자 자취할 때도 아빠 차를 타고 이사했다. 그 길이 막힐 때도 있었고 사고로 멈출 때도 있었지만 아빠 차 안에서 나는 세상을 배웠고 묵묵히 운전해 준 아빠의 사랑 덕분에 건강한 어른이 될 수 있었다.

아빠를 생각하면 울컥할 때가 있다. 아빠가 조금 더 행복했으면 좋겠다. 아빠를 사랑한다.

# 친구의 결혼

사실 한 사람을 안다는 것은
곧 하나의 삶을 이해하는 일이다.

– 알랭 드 보통, 『너를 사랑한다는 건』 중에서

───────── 친구가 결혼했다. 17살에 만나 33살에 결혼을 했으니 17년을 함께했다. 결혼식은 여의도에 있는 호텔에서 진행됐다. 식장에 가기 위해 버스를 탔는데 창밖으로 비치는 초여름의 날씨가 맑았다. 하늘은 파랬고 가로수의 나뭇잎이 햇살에 반짝였다. 내 결혼도 아닌데 결혼 전날부터 왠지 긴장이 됐고, 미리 간다

는 게 1시간이나 일찍 식장에 도착했다. 중요한 일이 있으면 시간이 느려지는데, 그날도 그랬다. 버스에서 내려 호텔로 가는 발걸음에 한 걸음 한 걸음 여운이 실렸다. 눈밭에 찍히는 발자국처럼 걸음걸음이 기록으로 남는 것 같았다. 건물 입구에서 하늘을 한 번 쳐다보고 심호흡도 한 번 했다. 그렇게 식장에 들어갔다.

친구의 부모님께 인사를 드렸다. 반갑게 맞아주시는 그들의 미소가 감사했다. 친구는 신부와 단상에서 사진을 찍고 있었다. 인사를 하려다가 촬영에 방해가 될까 가만히 그들을 바라봤다. 하지만 그것도 잠시, 곧 인사를 나눴다. 함께 사진도 찍었고 혼주라도 된 양 다른 친구들을 맞이했다. 그렇게 결혼식이 시작됐다.

신랑 신부 어머님이 입장을 했다. 친구가 입장을 했고, 신부가 입장을 했다. 신부가 손을 흔들며 입장했는데 그 여유로움이 멋있었다. 식순이 이어졌고 축가를 들을 때는 눈물이 났다. 한두 방울이 아니라 감정이 복받치는 눈물이었다. 테이블보로 얼굴을 가렸지만 어깨가 들썩였다. 원형 테이블 맞은편의 친구들이 나를 쳐다봤다. 왜 저러나 하는 눈빛이었다. 옆에 앉아 있던 여자 친구는 나에게 티슈를 건네더니 본인도 함께 울었다. 내가 울면 자기도 운다고 했다.

친구랑은 축구를 하면서 친해졌다. 고등학교 때 아침 자습보다도 한 시간 일찍 등교해 축구를 했다. 등교 버스가 들어오면 거기에 타고 있을 친구들의 시선을 의식하기도 했다. 축구 때문인지둘 다 대학 입시에 실패해 졸업하고는 도서관에서 같이 재수를 했다. 오전 공부가 끝나면 점심을 먹고 목욕탕에 가서 냉탕을 즐기기도 했다. 친구가 입대할 때는 경남 진주의 훈련소를 따라가 배웅을 했다. 대학교 1학년 1학기 중간고사 시험 전날이었다.

친구는 남다른 녀석이다. 만화 주인공 같다고 할까. 자기가 옳다고 생각하는 일에 굽힘이 없다. 대학교 후배가 가난하다며 매월몇 십만 원씩 후원금을 주는가 하면 영어 말하기를 잘하려고 학교에 Free coffee라는 전단지를 붙이고 다녔다. 영어로 대화만 해주면 공짜로 커피를 사주겠다는 내용이었다. 자기만의 세계가 있어남의 얘기를 공감하지 못할 때도 있지만(그래도 아내를 만나면서는 많이 바뀌었다. 사랑의 힘은 대단하다!) 그래도 자기감정에 솔

직하고 사람들을 좋아하는 친구다. 마음이 선하고 매력이 있어 언제나 화제의 중심에 선다.

친구는 입대하고 얼마 후에 아프기 시작했다. 군 생활을 시작한 이십 대 초반이었다. 턱관절 장애라는 병이었는데 턱과 목의 통증으로 일과를 어려워했다. 통증은 밤낮없이 지속됐고 자는 동안 이를 심하게 갈아 치아 보정기가 뚫리곤 했다. 치료를 위해 좋다는 병원은 모두 다녔지만 차도가 없었다. 전신 마취가 필요한 턱 수술을 두 번이나 받았지만 마찬가지였다. 하루는 친구에게 전화가 왔다. 이렇게 살고 싶지 않다는 것이었다. 자기는 그래도 행복하게 살았다고, 그러니 괜찮은 삶이었다고, 한강에서 뛰어내리고 싶다고 했다. 턱이 나을 수 있다면 뭐든 할 수 있다고, 손가락을 자르라면 자르겠다고 했다.

친구가 두 번째 전신마취 수술을 했을 때는 내가 강원도 인제에서 군 생활을 할 때였다. 친구는 퇴원을 하고 내가 있는 숙소로 찾아와 며칠을 묵었다. 나는 장교였고 영외 숙소에 살았기에 가능한 일이었다. 친구는 수술이 끝나고 회복 기간 동안 누워만 있었다고 했다. 인제 시내를 같이 걷는데 조금만 걸어도 힘들다고 했다. 잠시 멈췄다 가자고, 숨이 차다고, 걷는 것도 힘들다고 했다. 친구는 피부가 까맣고 허벅지 근육이 발달해 뛸 때면 말처럼 뛰던 녀석이었다. 달리기도 빨랐는데 이제는 걷기도 힘들어했다. 그런 말을 밝은 표정으로 하는 걸 보니 마음이 아팠다. 내가 출근해서 일과를 할 때 친구는 인제의 이곳저곳을 돌아다녔다. 퇴근하고는 읍내의 식당에서 저녁을 먹었는데 갈비탕이 맛있다며 좋아했다. 맛집이라고 좋아하던 표정이 아직 기억에 남아 있다.

결혼식이 끝나고 뒤풀이 자리에서 다른 친구가 물었다. 왜 울었냐는 질문이었다. 하지만 답하기가 어려웠다. 왜 눈물이 났는지 이유가 생각이 안 났다. 제대로 답하기가 어려웠다. 이제와 짐작하면 마음 어딘가가 진동했기 때문이다. 내 안에는 친구의 행복했던 모습과 지치고 풀 죽었던 모습이 모두 있다. 같이 즐거워하기도 했고 그를 보며 마음 아프기도 했다. 같이 공부하고, 축구하고, 밥 먹고, 장난치고, 미래를 고민하고, 그렇게 보냈던 모든 시간이 내 안에 있다. 행동이 얄미워 미워했던 적도 있지만 가치관이 멋있어 동경했던 적도 있다. 내가 눈물 흘린 이유는 그의 앞날을 축복하는 그 순간, 그 시간이 감격스러웠기 때문이다. 함께했던 여러 기억과 시간에 녹은 애증의 감정 속에 그를 좋아하고 그의 행복을 기원하는 농도 진한 마음이 내 안에 있었다. 그게 나를 울렸다.

다행히 요새는 그의 병이 많이 나은 것 같다. 요새도 병원에 다니지만 예전처럼 일상을 못 할 정도는 아니다. 참 다행이다. 친구가 행복했으면 좋겠다. 잘 살았으면 좋겠다. 앞으로도 종종, 때로는 자주, 함께 시간을 보냈으면 좋겠다. 그의 결혼을 축복한다.

# 기다리지 않는 여자,
# 기대하지 않는 남자

함께 서 있되 너무 가까이 서 있지는 말라
사원의 기둥들은 서로 떨어져 서 있고
참나무와 삼나무도 서로의 그늘 속에선 자랄 수 없느니

— 칼릴 지브란, 「사랑하라, 그러나 간격을 두라」 중에서


─────────── 일상은 약속의 연속이고 때로는 약속에 울고 약속에 웃는다. 하지만 모든 약속을 지키며 살 수는 없다. 헤어진 연인과 그렸던 영원한 사랑도, 올해는 꼭 이루겠다던 스스로와의 다짐도, 지키지 못할 때가 있다. 약속은 미래의 일을 정하여 어기지 않을 것을 다짐하는 것인데 미래라는 게 애초에 불확실한 일이니

약속 역시 불완전할 수밖에 없다.

시간 약속도 그렇다. 친구와의 약속이든 업무로 인한 약속이든 지키지 못할 때가 있다. 상대가 약속에 늦으면 화가 나는데, 약속을 지키려던 나의 노력에 비해 '너는 그러지 않았구나.'라며 서운하기 때문이다. 나쁘게 생각하면 '너는 나를 아끼지 않는구나'가 되기도 하고, 극단으로 가면 '너는 나를 무시하는구나'가 되기도 한다. 사람은 주는 만큼 받고 싶어 하는데 그건 시간에서도 약속도 마찬가지다. 상대가 늦으면 기분이 나쁘다.

연인이 된다는 건 매일의 시간 약속을 지키는 일이다.

'우리 사귈래?'

'그래.'

라는 약속은 그 순간으로 끝나지 않는다. 앞으로의 일상에서도 여러 약속을 다짐하는 일이다.

핸드폰이 생기기 전의 연애야 어땠는지 모르지만 문자와 카톡이 생긴 후의 연애는 '연락의 연속'이다.

'잘 잤어?'

'밥은 잘 먹었어?'

'잘 자.'

라며, 아침부터 저녁까지 연락을 주고받는다. 연락 문제로 연인들이 다투는 이유는 연락도 하나의 약속이기 때문이다. '1시 48분에 카톡해.'라는 건 아니어도 '이 정도면 답장이 와야 돼.', '이제는 답장을 해야 돼.'라는 기대를 가지고 연락을 한다. 연락은 애정의 지표가 되기도 하고 타이밍이 늦은 문자와 성의 없는 답장이 다툼의 원인이 되기도 한다. '나만 신경 쓰는 건가.', '나를 배려하지 않는 건가.', '나를 무시하네.'라는 악순환은 여기서도 나타난다. '언제 연락하나 보자.' 하며 서운해한다.

사랑이 어려운 건 등가 교환을 인정하지 않기 때문이다. 주는 만큼 받고 싶고, 받는 만큼 주려는 게 관계를 이어가는 보통의 논리지만 사랑에서는 그보다 많은 걸 바란다. 무조건적인 애정과 무조건적인 배려, 무조건적인 헌신을 사랑이라 생각한다. 무조건적인 사랑을 바란다.

무라카미 하루키의 소설 『노르웨이 숲』의 미도리는 와타나베에게 말한다.

"내가 바라는 건 그냥 투정을 마음껏 부리는 거야. 완벽한 투정. 이를테면 지금 내가 너한테 딸기 쇼트케이크를 먹고 싶다고 해. 그러면 넌 모든 걸 내팽개치고 사러 달려가는 거야. 그리고 헉헉 숨을 헐떡이며 돌아와 '자, 미도리, 딸기 쇼트케이크.' 하고 내밀어, 그러면 내가 '흥, 이제 이딴 건 먹고 싶지도 않아.'라며 그것을 창밖으로 집어던져 버려. 내가 바라는 건 바로 그런 거야."

아무리 화를 내도, 아무리 못난 모습을 보여도, 그럼에도 상대방은 나를 좋아해 주기를 바란다. 그게 사랑이라고 느낀다. 무조건 나를 좋아해 주기를 바라는 것, 가져다 버릴 케이크라도 나에게 사 오기를 바라는 마음, 그런 마음을 사랑이라고 느낀다.

그건 연락에서도 마찬가지다. 상대방이 일을 하거나 공부 중인 걸 알아도, 친구들을 오랜만에 만나는 걸 알아도, 나를 신경써주기를 바란다. 하지만 일상은 단순하지 않다. 모든 바람을 들어줄 만큼 호락호락하지 않다. 일상을 산다는 건 생수를 컵에 따르는 듯이 마냥 쉬운 일이 아니다. 리모컨으로 TV 채널을 바꾸듯이 마냥 간단하지는 않다. 정신없이 일하면 어떻게 시간이 갔는지 모를 때도 있고, 머리로는 '연락을 해야지.' 하다가도 결국 연락을 못 할 때도 있다. '그건 다 변명이야.'라고 생각할 수도 있지만 살다 보면 그럴 때도 있다.

사랑도 현실이다. 사랑도 일상의 통제를 받고 보통의 논리를 따른다. 세상에 24시간 나만 생각해줄 사람은 없다. 나 역시 상대방을 24시간 내내 생각할 수는 없다. 상대방이 모든 걸 해 줄 수 없다는 걸 알아야 한다. 모든 걸 헌신할 수 없다는 것도 인정해야 한다. 혹시 상대방의 무조건적인 사랑을 바란다면 나도 모든 걸 바칠 수 있어야 한다. 낭만이 없네, 라고 느낄 수 있지만 사랑은 현실이고 현실은 원래 낭만이 아니다. 현실의 논리에서 벗어난 사랑은 오래가지 못한다. 사랑에도 등가 교환이 필요하다.

상대가 연락이 없어도 기대하지 않을 수 있어야 한다. 기대가 커서 실망하는 건 내 마음이고, 화가 나서 힘든 것도 내 마음이다. 연인이 나에게 신경을 못 쓰는 건 나를 사랑하지 않아서도 아니고, 나를 무시해서 그런 것도 아니다. 일상을 살다 보면 그런 순간도 있을 수 있다. 각자의 삶에 있는 그런 공간을 이해할 수 있어야 한다. 그러니 여유를 가졌으면 좋겠다. 상대를 위해서가 아니라 당신을 위해서. 기다리지 않는 여자, 기대하지 않는 남자가 되었으면 좋겠다.

# 봄, 사랑, 벚꽃, 망고

나의 생애는 모든 지름길을 돌아서
네게로 난 단 하나의 에움길이었다


— 나희덕 「푸른 밤」 중에서


──────── 여자 친구에게 프러포즈를 했다. 나는 서른세 살
이고 여자 친구는 두 살 어리다. 20년 6월부터 만났으니 2년이 되
어간다. 프러포즈는 혜화동의 1인 레스토랑에서 했다. 4월의 봄날
이었고, 식당으로 가는 주택가 골목에서는 봄의 꽃봉오리가 우리
를 반겼다. 코스 요리를 먹고 디저트 타임이 되자 식당의 조명이

은은해졌다. 나를 도와주던 셰프(이면서 사장)님이 나에게 신호를 준 것이다. 화장실에 가는 척하며 준비해 둔 꽃과 선물을 꺼냈다. 배경음악으로는 여자 친구가 좋아하는 쳇 베이커의 〈I fall in love too easily〉가 흘러나왔다. 여자 친구는 울었고, 나도 울었다. 그렇게 우리는 결혼을 약속했다.

여자 친구를 '망고'라고 부른다. 볼살이 예쁜 얼굴형이 과일 망고를 닮았다. 우리는 경상남도 통영에서 만났다. 둘 다 서울에 살지만 여행을 와서 같은 숙소에 묵게 된 것이다. 전화번호를 주고받고 서울에서 다시 만났다. 처음에는 종로에서 만났고 그다음은 강남에서 만났다. 또다시 종로에서 만났고 그다음은 한강이었다. 다섯 번째로 만난 날 우리는 사귀었다. 처음으로 손을 잡았고, 잡은 손에 입을 맞췄다. 달 밝은 밤 초여름의 밤공기는 시원했다.

여자 친구를 사랑한다. 태어나 처음 느껴보는 감정이다. 첫사랑도 해봤고, 연애 경험이 없는 것도 아니지만, 이 정도로 누군가를 좋아하는 건 처음이다. 깊다고 해야 할까, 성숙하다고 해야 할까, 이성으로의 사랑, 친구로서의 우정, 보살핌을 받는다는 따뜻함, 보살펴 주고 싶다는 책임감, 함께라는 동료애, 이 모든 감정을 합친 마음이다. 모르는 사람에 대한 순간적인 열망이나 본능으로 느끼는 성적인 갈망이 아니다. 에리히 프롬이 『사랑의 기술』에서 말하는 '사랑'처럼, 알랭 드 보통이 『왜 나는 너를 사랑하는가』에서 이야기하는 '성숙한 사랑'처럼, 평생을 함께 할 반려자를 만났다. 이런 사람을 만난 건 행운이고, 감사한 일이다. 망고는 맑은 눈을 가졌다. 환하게 웃을 때면 색 밝은 입술 사이로 하얀 치열이 반짝인다. 그녀를 사랑한다.

나에게는 안 좋은 습관이 있다. 왼쪽 뒤통수에 있는 머리카락을 뽑는 일이다. 손으로 머리를 만지다 어느 순간 그걸 뽑는다. 중학교 때 외고 입시를 준비하다 생긴 습관인데 벌써 십수 년째 이러고 있다. '발모벽'이라고 하는 충동조절장애의 일종으로 머리를 만지며 안도감을 느끼는 것이다. 아동이나 청소년기에 발병하고 심리적인 요인과 생물학적인 요인이 복합적으로 작용하여(라는 말은 아주 당연한 얘기지만) 발병한다. 심각하게 말했지만 한마디로 안 좋은 습관을 가졌다는 것이다. 손톱을 물어뜯거나 다리를 떠는 것, 그런 것과 비슷하다. 그런 습관이 하나도 없는 사람은 세상에 없다고 믿기에 그다지 심각하게 생각하지 않는다. 문제는 같은 곳만 뽑아서 그 위치에는 머리가 자라지 않는 것이다. 직접 만든 땜빵이다.

지인들은 아직도 머리를 뽑느냐고 묻는다. 친구들은 나를 놀리고, 엄마는 이걸 안쓰러워한다. 회사의 과장님은 나에게 자신감이 없어 보인다며 그러지 말라고 했다. 나도 그만하고 싶은데 몸이 긴장하거나 스트레스를 받을 때, 사실은 졸리기만 해도 머리에 손이 간다. 잠잠할 때도 있지만 한번 만지기 시작하면 한동안은 계속 그런다. 걱정은 고맙지만 걱정 자체가 스트레스일 때도 있다.

하지만 여자 친구는 별말하지 않는다. 그럴 수도 있다고, 괜찮다고 한다. 이것도 내 모습이라는 말이다. 그녀는 태도는 늘 이렇다. 나의 외모, 성격, 행동, 취미, 인간관계 등등 나의 모든 걸 괜찮다고 한다. 부족한 모습은 부족한 대로, 괜찮은 모습은 괜찮은 대로 이해해 준다. 언젠가는 이런 말을 했다.

"사랑하기로 했으면 보듬어줘야지."

티격태격할 때 들었던 말이긴 하지만 이 한마디에 그녀가 나를 어떻게 대하는지 배울 수 있었다. 그래서 알고 있다. 내 모습이 모두 괜찮아서 나를 그렇게 대해주는 건 아니다. 망고는 노력하는 것이다. 나를 사랑하기로 한 이상 보듬어줘야 한다고, 그런 마음으로 노력하는 것이다. 말과 생각에서 그치지 않고 행동으로 실천하고 있다. 그런 그녀에게 감사하고, 그런 그녀를 존경한다.

망고의 볼에 얼굴을 맞대면 그녀의 살 냄새가 난다. 한겨울의 포근한 이불처럼, 어려서 베고 누웠던 엄마의 허벅지처럼, 그 포근함에서 나는 영혼의 위로를 받는다. 살아 있음에 대한 생의 감각이고 근원적인 존재의 위로다. 이곳에 내가 존재하고, 내 곁에 그녀가 존재한다, 랄까. 망고의 볼에서 나는 살아 있음을 느낀다. 나의 행복은 그녀의 볼살에 있다.

결혼을 고통이라고 생각하는 사람도 많다. 자꾸 나를 비난하는 아내와 자꾸 나를 멸시하는 남편. 습관 하나하나가 불편하고 서로의 자존감을 낮추는 관계. 자꾸 귀찮게 하는 시댁과 자꾸 의지만 하는 처가. 이제는 설레지도 않고 같이 있으면 불편한 사이. 돈 쓰는 습관도 다르고, 청소하는 주기도 다르고, 선호하는 취미도 다른 부부. 그런 다름을 틀렸다고 말하는 남편과 자꾸 나를 고치려는 아내. 요새는 이혼도 많다지만 그것도 남일이라 쉬운 거지. 망고와 나의 결혼도 연애할 때처럼 순탄하고 행복하기만 할 수는 없다. 살면서 우리 앞에 나타날 여러 곡절에 대하여 서로 대화하고 배려해야 한다. 그래야 앞으로의 오십 년, 육십 년을 서로 아끼고 행복할 수 있다.

그래도 그녀와 함께라면 자신 있다. 지금처럼 서로를 배려하면 어려운 일들도 충분히 극복할 수 있다. 사랑은 뜨거운 에스프레소 위에 차가운 아이스크림을 얹는 일이다. 온도와 향이 다른 둘이 만나 새로운 풍미를 만들어내는 일이다. 망고와 내가 만들 새로운 인생이 어떤 향이 될지 기대하고 있다.

이번 겨울은 유난히 춥고 길었다. 그래도 어느새 봄이 왔고 만개한 벚꽃에 마음이 울렁인다. 봄은 그 자체로 설레는 존재다. 생각해 보면 망고를 만나고 내 마음은 언제나 봄이었다. 그녀가 나의 아내가 되었으면 좋겠다. 망고를 사랑한다.

# 가을비가 처마에 내리면

꽃이 피었다고 너에게 쓰고
꽃이 졌다고 너에게 쓴다

- 천양희, 「너에게 쓴다」 중에서


───────── 여자 친구와 생일이 같다. 나이는 내가 두 살이
많지만 하늘이 맑은 10월 초순에 우리는 태어났다. 처음 데이트를
했던 날 2차로 갔던 와인 바에서 그걸 알게 되었다. 10월에 태어
났다는 여자 친구의 말에 날짜를 물어봤고 생일이 똑같다는 걸 알
게 되었다. 망고는 나에게 장난치지 말라고, 신분증을 보여달라고

했다. 그런 이야기를 하는 서로의 표정은 상기되어 있었다. 웃음을 참고 있는 살짝 벌어진 윗입술에는 아직 말하기엔 쑥스러운 하나의 단어가 걸려 있었다. 운명, 이라는 단어다.

우리는 3번의 생일을 함께했다. 여자 친구는 케이크를 좋아하는데 생일이 같으면 케이크를 먹을 기회가 줄어든다고 아쉬워했다. 그래도 우리는 같은 날 서로를 축하할 수 있어서 더 행복한 생일을 보내고 있다. 때때로 행복은 단순한 것이라 자꾸 행복을 말하다 보면 정말로 그렇게 된다. 너의 생일을 축하해, 나의 생일 축하해, 우리의 생일을 축하해, 라고 말하다 보면 어떤 충만한 마음이 생긴다. 인생을 스쳐가는 많은 날들 중 행복을 확신할 수 있는 날이 1년에 하루라도 있다면 살만한 것이 아닐까. 그리고 그 행복을 가장 가까운 사람과 나눈다는 건 감사한 일이다.

우리는 생일마다 등산을 함께했다. 첫 번째 생일에는 설악산 대청봉을 올랐고 두 번째 생일에는 지리산의 노고단을 올랐다. 그리고 세 번째 생일에는 소백산이었다. 등산도 하고 여행도 할 계획으로 하루 전날 단양에 내려왔다. 숙소는 한옥으로 지어진 펜션이었다. 단양에 위치한 '보상재'라는 곳인데 파란 잔디의 앞마당과 정갈히 뻗은 처마가 밤을 밝히는 달빛 아래 우리를 반겼다. 하루 자고 아침 일찍 등산을 시작할 계획이었다.

아침 7시에 '어의곡 탐방지원센터'에 도착해 산을 오르기 시작했다. 어의곡 탐방지원센터에서 비로봉으로 향하는 코스였다. 7시에 출발했지만 우리가 올라갈 때 이미 내려오는 사람들이 있었다. 그중에 젊은 커플도 있었는데 몇 시에 일어났길래 이 시간에 내려올 수 있을까, 라며 이해가 되지 않았다. 정확히는 이해가 안 되는 게 아니라 그들의 부지런함을 질투하는 마음이었다. '일곱 시에 출발한 우리는 대단해.'라는 자부심이 있었는데, 그들이 우리보다 더 이른 시간에 출발했기 때문이다. 하지만 푸르른 산세와 맑은 계곡물을 바라보니 그런 마음도 누그러졌다. '참 대단한 사람들이네.'라고 생각하고 말았다.

산을 오니 마음이 좋았다. 어떤 해도 마찬가지지만 올해도 역시나 힘들었기 때문이다. 주식시장이 폭락해서 모아 두었던 돈을 많이 잃었다. 결혼을 앞두고 있어 당황스러웠다. 신혼집의 은행 대

출을 위해 발품을 팔았고 계약이 확정되고는 이사를 위해 자취방의 물건들을 정리했다. 회사에서는 같이 일하던 후배가 퇴사해서 일이 늘어난 상황이었다. 이제 3년 차에 접어든 글쓰기도 놓을 수가 없었다. 운동도 해야 했고 책도 읽고 싶었다. 일상의 무게가 줄다리기의 반대편에서 나를 잡아당겼고 거기에 지지 않으려고 버티다 보니 몸도 마음도 지쳐 있었다. 쉬고 싶었는데 가을 산에 오르니 마음이 좋았다. 오후에 비 소식이 있어 공기에는 습기가 가득했지만 물을 머금은 시원한 공기가 피를 맑게 했다. 그간 쌓인 안 좋은 기운이 땀구멍 밖으로 빠져나갔다.

내 앞을 올라가는 망고를 보니 대단하다는 생각이 들었다. 무릎을 다친 적도 있고 산을 자주 오르는 것도 아닌데 쉬고 싶다는 말은 하지 않았다. 무릎이 안 좋으니 등산 대신 트레킹을 하는 게 어떠냐고 물었지만 여자 친구는 등산에서 느끼는 성취감이 더 좋다고 했다. 일 년에 한 번쯤은 등산을 하고 싶다고 했다. 등산 짐은 가방을 하나만 챙겨 내가 들었지만 여자 친구는 자기도 들고 싶다며 나에게 가방을 달라고 했다. 그렇게 망고는 가방을 등에 바짝 매고 다시 산을 올랐다. 팔을 앞뒤로, 기역자 모양으로 씩씩하게 저었다. 그녀가 힘들다는 건 나만의 착각이 아닐까, 싶었다.

두 시간을 오르자 기온이 내려갔다. 바람이 많이 불어 날씨가 겨울 같았다. 옷을 한 겹 더 입고 후드 티의 모자를 뒤집어썼다. 절벽의 경치가 예쁘다는 능선에 올랐지만 산에 걸린 안개로 발밑으로는 아무것도 보이지 않았다. 시야가 좁았고 몇 미터 앞도 보이지 않았다. 새벽에 달리는 러너에게나 익숙할 듯한 안개였다. 그래도 한 걸음 한 걸음 올라 정상에 도착했다. 비로봉 비석에서 사진을 남겼고 다른 분들의 사진을 찍어드렸다. 기분이 좋았지만 그것도 잠시, 오랜 시간을 머물고 싶지는 않았다. 누군가가 풍기는 김치 냄새가 싫었고 강하게 부는 바람에 몸이 떨렸다. 안개 때문에 경치 구경도 어려웠다. 기대했던 모습의 예쁜 정상은 아니었다.

숙소에 내려와 따뜻한 물로 샤워를 하고 온돌 바닥에서 잠을 청했다. 아무런 걱정도, 어떠한 조급함도 없었다. 한옥의 나무 냄새가 방 안에 고요함을 더했다. 깊은 잠에 들었다.

결혼을 준비하며 남자 친구, 여자 친구가 아닌 부부라는 이름의 가족이 되고 있다. 프러포즈를 했고, 예식장을 구했다. 부모님께 인사를 드렸고, 상견례를 했다. 신혼집을 구했고, 이사 준비를 했다. 그런 과정에서 왜 사람들이 결혼은 현실이다, 라고 하는지 짐작이 됐다. 결혼은 공동체가 되는 일이다. 일상을 함께하려면 작은 습관 하나도 공유할 수 있어야 한다. 화장실 배수구에 쌓이는 머리카락은 얼마에 한 번씩 치워야 하는지 서로 협의를 해야 한다. 스웨터를 옷걸이에 걸어서 보관하는지 아니면 서랍에 접어서 보관하는지 서로 합의가 필요하다. 결혼에 대한 나의 생각이 서로에게, 그리고 각자의 부모님에게 어떤 영향을 미치는지 고려해야 한다. 나의 말과 행동이 나 혼자로 끝나지 않고 상대방과 그녀의 가족에게도 영향을 미친다. 그건 상대방도 마찬가지다. 서로가 서로에게 조심하지 않으면 숨어 있던 갈등의 씨앗이 언제 나타날지 모른다. 아직 결혼 전이지만 조금씩 조금씩, 하나하나, 느끼고 있다.

잠에서 깨니 창밖으로 빗소리가 들렸다. 하산할 때 시작된 빗줄기가 어느새 굵어져 마당의 잔디를 적셨다. 문을 열어 크게 한 번

공기를 마셨다. 처마에서 떨어지는 빗방울이 평화로운 한옥마을에 가을의 정취를 더했다. 잠에서 덜 깬 정신이 없었지만 비 내리는 풍경이 마냥 좋았다. 하지만 낭만은 낭만일 때 아름다운 법인지 금세 추위를 느껴 다시 방으로 들어왔다. 여자 친구는 아직 곤하게 자고 있었다.

그녀와 나는 앞으로도 서로의 생일을 축하하며 우리의 인연을 축복할 것이다. 무릎 보호대와 등산 스틱을 챙겨 물 맑고 공기 좋은 어느 산을 오르내릴 것이다. 순발력과 끈기를 가진 여자, 묵묵히 자기 길을 가는 남자, 그 둘은 서로의 간격을 확인하며 앞으로도 주어진 길을 함께할 것이다. 결혼을 하면 지금까지와는 다를 수도 있다. 서로에 대한 마음의 깊이와 하루하루 내딛는 걸음의 속도가 달라질 수도 있다. 그 안에 담길 우리의 찬란한 생에 대하여 함께 할 준비가 되어 있을까. 확신이야 못 하겠지. 하지만 그래도 자신 있다. 그녀와 함께라면 잘할 자신이 있다. 곤히 자고 있는 여자 친구를 바라본다. 처마에서는 빗방울이 떨어지고 차가운 공기가 머리를 울린다. 하늘이 맑았을 어느 가을 날, 우리는 태어났다. 운명처럼.